黑手筆記

荒原之狼

陳秋見著

晨星出版

自序

〔黑手筆記〕荒原之狼

陳秋見

這是一本機油味很重的黑手書。一群追逐著工程進度，踏遍荒山野嶺的工程人員，在心境上，某些時候，的確像一匹狼。孤獨、漂泊、敏捷、銳利，這是大白天我的黑手夥伴的面目！只有在夜晚或月圓時分，仰望墨色星空，不免發出思念的詠嘆音調……其聲如咽如泣，如狼低嗥！而我，一本筆記、一隻筆，隨身攜帶，把自己也把這群夥伴的聲息氣味，一一紀錄。

這本書，串出好長一段歲月！場景變化則是從海外荒漠（沙烏地、科威特）到海島各處的機場、水庫、高速公路等等，跨越時空，咱是一群追逐工程水草遷移的浪人。

在翻著舊稿的這一刻，我有滿滿的感動和慶幸！感動這一路互相扶持的夥伴，原來情誼深厚無比！幾分慶幸，則是我有一隻筆，藉由文字的永恆性，讓我這段不捨淡忘的歲月旅痕，依舊鮮明！文壇上，散文筆觸鮮少深耕咱個最底層的勞工階級。每一個國家重大建設完工的彩帶和掌聲，從來不屬於我們這些開天闢地的工程人員。因為，我們已經流浪到另一處荒原莽地，為另一個工程繼續揮斧劈山！

集結成冊，留文字做見證，只為了讓翻閱此書的讀者，淺嘗品味，在粗曠的外表下，我們深藏在內心深處的一抹溫柔或滄桑。如今，為書提序，我離開工程界已然數年！一圓遁世山中，琴棋詩畫自娛的夢想！更奢侈的是——隱居的這個山中小屋，還可以當民宿來用！

舊雨新知，偶爾來訪，我這拿慣維修工具的黑手師傅，還會捲起袖子，換過鍋鏟碗瓢，下廚煮他一鍋香噴噴的羹湯，已饗來客。客去，青山白雲還在，一杯清茶，遍倚欄干。這日子和心境，便是「淡而有味」四字，呵呵！

陳秋見

序於清境景聖山莊 二〇一五、一、三十

CONTENTS

輯三 黑手流浪記

輯四 台灣歌謠風情

輯五 黑手愛情觀

輯六 魂夢山河錄

輯　一

開山神話

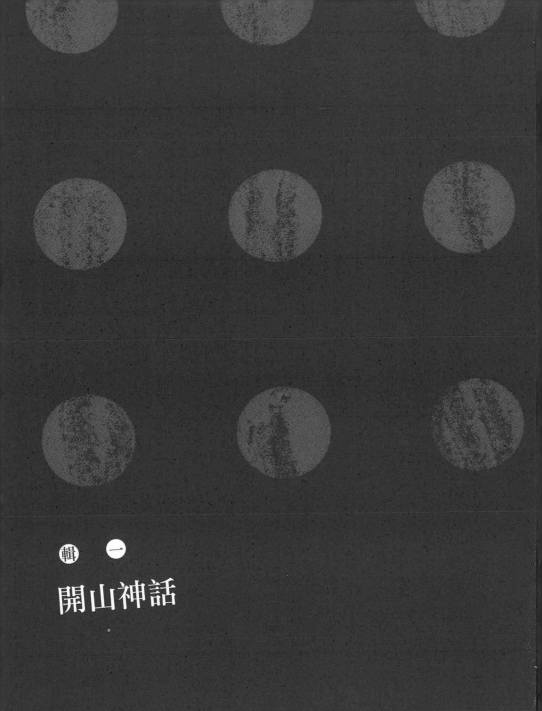

荒原之狼

六〇年代伊始，亞細亞之東，出現四條矯閃騰挪，生機無限的小龍，這四條小龍有一共同特色，即是披有一身金光燦爛的經濟鱗甲。當然，一直到七〇年代、八〇年代，四條小龍顯然還沒壯大到能夠在世界經濟潮流中呼風喚雨，掀動巨浪洪波，但其持續的，活潑靈動的經濟舞姿，仍令世人為之側目驚嘆！

九〇年代，四小龍之一的福爾摩沙，更以外匯存底近一千億美金的傲人成績，堅立了台灣經驗的典範！年過三十的海島居民都知道，在這段締造台灣經濟奇蹟的歲月中，士農工商，各行各業，當真是不畏苦，不畏難，胼手胝足、夙夜匪懈，勇敢向前衝兼愛拚才會贏。

我可不是喊口號或唱歌！小龍初生熱血沸騰的感受，應該還留在許多人的記憶裡。想想那時候，一艘艘廢船拖進港岸，天上一顆火毒的太陽，海面上炫熱的也是一顆太陽，拆船工人手裡拿來切割鋼板的火焰，又是一顆！成千上萬的工人，伴著三顆太陽，汗流浹背的創造出拆船王國！接著，加工區沿著海岸線建立，以百萬計數的農婦村姑，摘下花巾斗笠，排排坐在履帶傳送的生產線上，日班夜班和加班為國家賺取外匯！中小企業不落人後，緊接著戴上成衣、衣傘、鞋子等世界第一的桂冠。而經濟體系強勁的脈動，需有健全的交通網路，十大建設適時趕上！港口、機場、鐵路電氣化，高速公路等一項項完工，有了這些交通硬體設備，台灣才算真正進入開發中國家。

開發中國家的經濟發展，恰似滾雪球，聲勢愈見浩大！十大建設裡的交通網路，很快地不敷使用，強化或增建因而迫在眉睫，北南二高、捷運系統、東西向快速道路，在城鄉中一一破土動工——十數年來，我追隨著施工機械的履帶痕跡，踏遍海島中南北部各工地，參與過機場、水庫、道路等國家重大建設。不敢說「台灣經濟奇蹟」的功勞簿上須得記我一筆，因緣際會，我只是恰好親身體驗過、感動過，台灣經濟上最輝煌的這一頁傳奇罷了。

客氣過後，突然想到，我的體驗和感動，如果能夠留下文字，未嘗不是一件好事！說是錦上添花吧，斑爛錦繡上綴朵無關緊要的小花，細心點瞧瞧，說不定還真能看出來一些溫柔婉約。

然後，我又想到，我是個專修工程機械的黑手！成天和那冰冷堅硬的巨大機械打交道的黑手又能留下什麼溫柔婉約了？經濟奇蹟是舉國上下同心協力，硬碰硬搏來的聲名，我這黑手要為台灣經驗立文字作見證，總不能弱了氣勢，軟了聲調。

就談談機械吧！讓我以黑手修護者的認知，試著為這些工程尖兵立傳——說給你聽。

各類型重機械和重機械操作人員在國家重大建設中，一馬當先披荊斬棘，開山取土鋪路築橋立下不少功勞，一般人卻疏忽了！不僅不懂各類機械的功能，可能連機械名稱也叫不出來，坐在工程機械上的操作人員更不用說，灰頭土臉的大概早被歸納為「機械類」！誰人會去瞭解？「機械」也是有血有淚有情有意呢？

你可能不認同我的說法，甚至你覺得社會大眾未必如此冷感！至少，有一種機械，你一看就馬上能喊出名字：怪手！兩截鐵臂能屈能伸，一個長著牙齒的斗杓，配上兩條履帶，可以三百六十度旋轉的大傢伙！至於哪根操作桿管制哪些動作，由於術業專攻的緣故，不懂，並不代表你不關心，不疼惜！

好！就是怪手，以這種山顛水畔大街窄巷隨處可見的機械，作為工程尖兵傳記的第一頁，等你親切感培養夠了，我才做深度導遊，來一趟施工機械之旅。

怪手原是俗稱和暱稱，它真正的名字叫挖溝機！手臂抓斗、轉盤和履帶的動力源自一顆強勁的柴油引擎。引擎帶動一組液壓泵浦將扭力和壓力放大，傳送至伸縮唧筒的液壓可作推拉的直線動作，傳送至液壓馬達的可做旋轉運動，圓形和直線運動配合起來，即可成為高難度的曲線運動，挖溝機因而顯得靈巧無比，「怪手」之稱，原來如此！

我這麼說，會不會專業了點？

重型機械以力取勝，但兼具靈動者，的確只有怪手！至於引擎動力經由液壓泵浦轉換，力氣倍增的原因，你若是開車族，想想換輪胎時把車子頂高的千斤頂吧！原理相同，只千斤頂你以手搖動，液壓泵用引擎轉動而已。

怪手搶走工程機械最多鏡頭，豈止善於挖溝？你大略知道此種機械能夠做出許多高難度動作，但你知道怪手把挖溝的料斗拆下，換上打樁器時可以打鋼板樁嗎？換上液動鑿子可以裂石碎磚，拆除違建嗎？可以上山闢道一路偃草推樹？可以乘浮筏清理水庫淤泥？舉凡抓、夾、抹、拍、拉、提等人手能做的動作，怪手都能！（你不會為了跟我抬槓，叫怪手去繡花彈琴吧？）

話說回來，兩根操作桿，兩個腳踏板的機械怪手，駕控它並不困難，但要達到如臂使指得心應手的程度，則非一朝一夕之功！前一陣子，我人在恆春半島的牡丹山區，那兒牡丹水庫的攔水壩斜坡拋石數量極大！三部專門排列石頭的怪手，歪著身子在斜坡上足足工作了近一年！我認識其中一個操作人員，怪手駕控技術之嫻熟，為我十數年黑手生涯所僅見！

你知道怎麼排石頭，才算高級動作嗎？所謂聽君一席話，勝讀十年書，仔細聽我說說，你可以成為半個內行人，有機會甚至可以評鑑一下怪手技術。

為了怕水庫大壩主體，直接受到衝擊侵蝕，壩體斜坡總會排列一層巨大石頭以擋波濤，稱之為拋石，也叫碎波塊。我認識的這個「侯怪手」在大壩斜坡上鋪排石頭之快之準之紮實，令人嘆為觀止！

卡車把每顆近噸重的石頭，成堆倒在斜坡上，你看他侯兄眼明手快，怪手旋過來時略彎微屈，放下來正好插入石頭縫隙，料斗一撥，石頭重心溜向斗內，前臂壓住支點，提起來旋轉半圈，鬆了前臂，石頭順勢卡入他早已預留的空隙裡，卡得又平又緊！毫不遲疑的連貫動作，除了經驗外，須得加上心靈手巧，侯兄五分鐘擺平三塊巨石，別家怪手一塊石頭五分鐘了，還沒找好位置哩。

每一次我爬上他的駕駛室，他一邊和我聊天，一邊仍持續他行雲流水般的手勢動作，瞧著瞧，總讓我忍不住想起「目送飛鴻，手揮五弦」這八個字，武俠小說裡，描寫功夫爐火純青者，舉手投足就是這股瀟灑勁。

「瀟灑一分，九分都是孤單寂寞。」侯兄回答我：「怪手這碗飯可不好吃，像荒郊野外獨來獨往的一匹狼！」

唯有千山萬水走過，才懂飄泊滋味！撇開大街鬧市裡大馬路整修管線的挖溝怪手不說，絕大部分的怪手做的是拓荒性質的工程。台灣多山，且山勢挺拔雄偉，許多產業道路就靠怪手開闢出來，而一座山頭之字形攀至山頂，可能須得耗掉兩三個月，怪手和操作者在這段期間，只見林深崖險月明星稀，說像匹被遺忘的，孤獨的狼，恰當！

從明潭水庫、牡丹水庫，孤零零在斜坡鋪石的怪手如此，到後來我身處南二高環線闢廟段，所看到的怪手也是如此！荒莽群山，一條環線公路從新化劃到旗山，怪手循著界址，攀崖跳澗，領先闢出施工便道，才能往前推進。

工程尖兵，非怪手莫屬。

一條條大道，交錯連結成交通網路，維持了台灣經濟體系的順暢活潑，小龍的鱗甲依舊鮮明飽滿，然而怪手的履帶痕跡，卻已掩蓋在平滑的柏油路面下。你若多情，但請留意，不管街頭巷尾，不管山涯水湄，你總有機會再與它劈面相逢。

你無需把「臂」言歡，但請別忘了揮手招呼，聽我說它說了許多，這一點點親切的感覺總該有吧？

巨靈開山的神話

上古神話中，盤古揮斧開天闢地，為了怕天地復合成一團混沌，以雙手撐住青天，身子長高一丈，天地便寬闊一丈，一直到天地分得極開了，盤古巨碩的身子才力乏倒地！

盤古垂死化身，他的左右眼分出日月，手足身軀成了崇山峻嶺，血液是江河伏流，骨肉化為大地礦藏，皮膚和汗毛成就那蒼莽林木，至於寄生在他身上的微生物，見風幻為獅虎猿豹之屬。等到後人考古驗證，確定人類祖先是猿猴演化，三百萬年之前還未脫猿屬習性！這盤古的地位才漸漸被顛覆。人類祖先竟是猿猴，想來已有些不是滋味了！再往上追溯，成了盤古身上的微生物（寄生蟲）！豈不是大大傷害「萬物之靈」的自尊心？

（地質考古學上卻證明，三十億年前，細菌是地球唯一的生命跡象！寒武、侏儸、白堊諸紀至中新世的哺乳動物，都是由這些大大小小互相吞噬的細菌，分化演進而來！生命根源如此不堪，即與盤古神話不謀而合，哎！）

盤古創世神話，終究還是式微了，徒留巨靈開山的人類印象。

寫文章要先破題，我這起承轉合的起，你會不會覺得我未免起得太遠？其實，我要說的巨靈是一部機械，開山則是這部機械的專長，為工程機械立傳，第一篇說怪手，以道路施工的順序而言，第二篇非談談有巨靈之力的「開山機」不可。

開山機也有人叫履帶式推土機，形狀和坦克車類似，鋸掉砲管，換裝一面厚重鋼板橫在車頭，鋼板配上刀刃，刃口向下，像把大鏟子，稱之為鏟刀，鏟刀大小和車型大小成正比。你若從沒見過開山機，聽我這麼說，你能在像一張白紙的腦子裡，憑想像力的筆尖，畫出來圖樣嗎？

換句話，直截了當的問：你能在眾多施工機械裡，指認出何者為開山機嗎？

一般道路工程，規劃好路線，怪手先清掃障礙，古木、巨石、野草閒花等一概去除！接下來的重頭戲是開山機，巨斧般的刀刃，翻起岩盤樹頭，堆置路旁，挖方填方全靠那片厚重鏟刀，前進推括，後退鋪抹，路的雛形就出來了。推平時遇有沉埋的巨石，尚有斜鏟啣筒，將鏟刀頂斜，以刀角將石頭挑撥出來，若是岩盤擋道，開山機後頭還有一支巨大耙齒，耙尖可以劃裂岩盤表層，碎石料再以鏟刀刮平至所需高度即可。

前進三個檔位，後退也有三個檔位，履帶面板寬度足夠，一部重達三十噸的機械，地面承受壓力，以單位面積計算，不比一輛轎車重，因而轎車會陷溺打滑的沼澤泥地，開山機偏能履險如夷！完全克服惡劣地形而不耽誤工程進度。我是黑手，拆修過開山機引擎少說十數次，更知道動力系統的設計可以容許此型機具在四十五度斜坡上長期使用而不會損害，高速公路路基邊坡和水庫大壩斜坡的整平工作，開山機都能勝任愉快。

走筆至此，希望不會看煩了你！我說的全是施工機械的簡易操作概念，博學多聞應是現代人必備條件之一，深入些瞭解國家重大工程的資訊，聊起經濟起飛、台灣奇蹟等話題，保證顯得有根有據，有模有樣。

開山機這種身懷巨靈之力的機械，造價昂貴！等閒土木工程公司未必買得起。當年十大建設，本公司和榮民工程處承攬了近半的工程量，才有能力大批進口這些機械，有了這批機械相助，短短數年，終於創造一個經濟神話！將台灣這個高山島國，從未開發國家提昇至開發中國家，一新世人耳目！

十大建設完成，巨靈並未賦閒太久，中華工程和榮工處一起遠赴中東地區，拓展工程業務，賺取外匯。沙烏地阿拉伯、科威特、伊拉克的公路機場港口，處處可見這群在台灣開山闢路的推土機那壯碩的身影。

外匯存底節節攀升，贏來舉世刮目相看，功勞簿上開山巨靈該不該記上一筆？

在國外，推土機這回推的可是沙子了！你或許不很瞭解，推沙子和推土有何差別？但這並不重要。土方料富含水份，鏟刀可以輕易翻出一畦畦土方，沙漠中的細沙如粉，施工難度高，先灑水和把平鏟刀換成U型鏟，照樣追趕工程進度。

哎，想起國外，不免輕聲一嘆！十項建設的超級大戲演完，國內接下來的六項、十四項等建設，規模小了許多，幾乎沒有重型開山機如意伸展的空間！等到海外工程確定，飄洋過海來到中東地區，黃沙大漠卻又空曠得太過分了點！

公司承標沙烏地利達高速公路，沙國首府利雅德到波斯灣畔的達曼，剛好橫越半個阿拉伯半島，五百多公里的路程，觸目所及，鋪天蓋地的都是大小沙丘，焚風熱浪蒸發了鄉愁，毒火般的沙漠太陽底下，飄泊過客的浪漫感傷，也全被烤乾了……不！我有點說岔了！我記憶深刻的一幕景象，就是沙漠中的開山機——絕不是感情用事，當時情景，誰都會感動。

當我帶著工具箱，開著吉普車，循著兩道履痕，跑了十幾公里，找著了掩映在沙丘裡拋錨的開山機時，我看見單獨推沙開路的夥伴，正拿著一把鏟子，彎腰清除履帶鏈輪上的黃沙，他什麼地方不好拋錨，拋錨在沙丘谷底！而黃沙隨風移動，小瀑布般流向開山機。吉普車才熄火，我那又胖又壯的夥伴已大聲嚷了過來：「小陳，快點！再不修好車子，車子要讓沙漠給活埋了！這沙子會動哪！」

渾身汗泥，滿面黃塵，他一鏟一鏟的挖開沙子，卻仍追趕不及浮塵砂粒移動的速度，聚攏來的黃沙漸漸陷住履帶！我把故障排除，啓動引擎，開山機怒吼著闖出沙谷，在小丘頂端停住！天地遼闊，極目翹望，天涯盡處唯見大漠風煙滾滾。

這夥伴姓張，公司編號七十八的推土機，在台中高速公路段和桃園機場施工時，就一直是他負責操作，機械調往沙烏地。他人也跟著調過去，一人一機十數年來形影不離，你說會不會有感情？那一幕人與車孤獨對抗無情荒漠的鏡頭，留在印象仍舊鮮活無比。

胖張後來又調到科威特，伊拉克佔領科威特時，胖張和大夥兒一起逃離避禍，撤回台灣。我碰巧又跟他同工地，問起他那部推土機的下落，他說：「當兵去了！伊拉克士兵拿槍指著我，把車子給搶去挖戰壕啦！」嘆了一口氣又說：「那部推土機不能用三檔，變速齒輪有雜音，也不曉得那些番仔兵，會不會搞壞車子！」

他不僅疼惜，他還憤怒！開山巨靈成為戰禍幫兇！如此下場，墜落的究竟是無知的機械？還是聰明的人類？

好像有些扯到題外去了！您莫怪。胖張和他另一部新搭檔八十七號推土機，此刻正在南二高環線工程關廟段推土。如果你路過關廟，看見嘉南平原邊緣的丘陵間，有一道黃泥路臥龍般蜿蜒其中，別懷疑誰把莽林險徑化作康莊大道！看過我這篇傳記，你當然知道答案了不是？

草莽遊俠：阿南

1

灰色的雲層，低低籠罩著台南關廟山區，果園小徑間薄霧漫流，施工中的南部第二條高速公路，黃龍般橫臥丘陵之間，重型機械和土方卡車在黃龍背上奔馳，揚起塵埃，把霧給攪渾了。天色、山色，還有——在工地追趕進度的夥伴的臉色，都一般陰沉！

寒流一波波來襲，氣溫明顯下降，更冷的卻是這陣子夥伴們的心，每一顆心都涼颼颼的掛著一個問號：裁員，怎麼可能把阿南這樣子的人裁掉？

夜晚工地宿舍裡，大夥兒習慣淡菜濃酒把夜拉長，帶著醉意的言談中會說盡阿南許多好處。

「阿南這個人，直來直去，到底去得罪哪個主管？」

「不一定得罪人！這是個自我表現的時代，阿南駕駛吊臂卡車，走南闖北從不喊累，主管難免忽略了他的辛苦，考績當然也好不到哪兒！」

「個性問題吧？庄腳出身的屏東囝兒，憨憨做憨憨吃，袂曉得去表現。」

「終歸是時勢作成！政府要國營事業移轉民營，民營化後工作權就無保障！民營公司按勞基法付遣散費，理字站得穩，較無情吧！阿南只好摸摸鼻子走人，哎！這款樸樸實實的一個人。」

我很認識阿南，也喜歡他那一口道地的，海口腔調的台語。關於國營事業民營化後他在裁員名單上的事，我找他聊過，他沒改一枝草一點露的生命態度，說他相信天無絕人之路的道理，至於一些些怨言，那也是有的，他說：「公司愛用奴才，不是人才！我負責吊臂卡車，搬運重物奔走長途。為了安全問題和主管發生口角，原以為喊一喊就過了，誰知影按呢也會結冤！總講是公司不識貨，我這粒黑珍珠，才會給人當做老鼠屎……」

說著說著，他的氣憤這麼表達：「誰沒脾氣？鷄屎落土也有三寸煙，誰沒脾氣？」

我趕忙拿出紙筆，把那挺有「味道」的俚語記下來，他知道我常常在報紙上寫文章，我肯把他的話記在筆記本上，給了他相當程度的鼓勵，當我表示想替他寫篇文章，朝他的過去未來追根究柢時，他難免掏心掏肺的全盤托出。

當然，我也不會忘記需要安慰他。究竟，五十歲不到，身強體壯，卻一下子沒了工作，往後的日子可得仔細安排，才不會窩在家中，無聊到天天訓老婆罵孩子。

2

兩盞熱茶猶溫，一齣連續劇還在那兒笑鬧哭喊，阿南已經簡單明瞭的交代他一生歲月歷練。

出生落山風半島的楓港，世世代代捕魚為業，到他這一代，鄉村人口大量外流，他初中畢業後就離開故鄉，到中部林場工作，學會了駕駛大卡車，滿載原木的卡車在崎嶇山路上行駛，膽氣和豪氣缺一不可！後來公司招考卡車駕駛，他憑技術一考即中。

這一進來足足二十年，隨著工程的腳步，整個台灣島幾乎踏遍。他原本打算等到退休，把楓港的咾咕石房子翻修，伴著大海，聽著落山風，就此終老。這會兒提早了近十年叫他走人，遣散費和縮水的退休金，還得留著替兒子娶媳婦，老房子翻修的事，只好先擱著。

我皺著眉頭問他：「這十年打算怎麼過？有沒有另外找工作？」

他回答的無牽無掛：「肯做牛，免驚無犂好拖！去民間找一間貨運行，同款做司機，幾萬塊總有吧？三頓飽的代誌，按照目前社會環境，簡單啦！」

依阿南的歲數推算，他經歷五〇、六〇年代經濟轉型時期，親眼見證整個大環境由貧困躍昇至富裕，在那個士農工商齊頭並進的時代，惜物謹事，克勤克儉的美德留下來了！這份美德正是當時台灣子民典型的生命態度。

阿南是個範例，不叫物慾著色，不與人競說奢華的他，要混個三頓飽，確實用不著我操心。

然而，卻也聽來許多同樣被遣散的同事們，令人難過的故事，他們算是國營事業民營化後第一波被資遣的人員。正當壯年，只為台灣經濟政策轉型，原本的鐵飯碗砸破了！一大批人各自領了百萬以上的遣散費和退休金。投入社會。個性保守的，重新覓職，大抵是大樓管理人或工地守衛之類的閒差，輕鬆但薪水低。略具生意眼光的，買部發財小貨卡車，從廣東粥賣到滷鷄鴨腳等，披星戴月的在夜市趕場，叫人難過的同事要嘛野心過大！把資金投入股市，落得血本無歸，要嘛，不良嗜好因太多的空閒而變本加厲，迷酒迷睹迷色——把後半生走成荒煙蔓草的風景。

阿南形容得好，他說這種情況，明明是放牛吃草！政府為了因應世界潮流，提高國營事業競爭力而移轉民營，民營公司唯利是圖，所謂改善體質，其實就是大量裁員，這些被裁員而丟掉工作的人，恰如脫韁解索的牛群，闖入他們所不熟悉的社會莽原，各種情況的騷亂喧嘩，一定會有！

曾經在夜市裡，遇見賣成衣的老闆大聲喊我名字，兩人就在熾亮的水銀燈下，在放大喉嚨的擴音器叫賣聲中，搖頭嘆息細語重逢。也曾在早上上班途中，停車買早點，卻發現端過來豆漿的漢子，歪著頭打量我，然後熱絡的捶我肩膀打招呼！晃掉近半碗熱騰騰的豆漿。

夜市遇到的夥伴，挑了兩件襯衫送我，路邊早點則是僵持得翻臉了，還是不肯收那燒餅油條的錢！我很知道，我們這些長年在荒山野嶺奔波的工程人員，投入社會莽原，豪邁的遊俠本性一時還在，只不知習慣錙珠計較的生意圈子浸染久些，是否從此換過心情面目！

「日頭赤炎炎，隨人顧性命！」阿南說：「無人會去關心這款代誌，剩你啦！不擱你關心有啥路用？」

3

阿南辦離職手續的那天，又是寒流來襲。

一大早，工地有一批鋼筋急需移到工廠加工，接替阿南工作的同事恰巧請假，阿南絲毫不給上司為難，冒著凜冽寒風，啓動吊臂卡車，出門，足足忙了一個上午。等到下午上班，才拿著離職單，到每個部門蓋章。

他的風度，每個人都瞧得見。辦完離職手續，他到修理廠和大夥兒話別，有人問他：「阿南，你彼呢惜情做啥？今日是無工錢好領呢！」

「虎留皮，人留名，這款田螺彎（冤）有啥好報？反正沒頭路啦，時間很多，不差這一日半工。」他忙著和人握手話別，留電話地址，低著頭淡淡地回答。

或許是我多心，看著他提筆伏案的背影，竟覺幾分沉沉重重的淒涼！那些許淒涼，他寬厚的肩背彷彿負荷不起！等到他強著歡顏，和送到門口的夥伴揮手時，我更確定了！我甚至瞥見他眼中的淚意，他轉身離去時，微弓的背影，在落日餘暉下，瘦而伶仃！

我們都是飄泊的漢子，聚散之間早已磨出一副鐵石心腸，然而，離開二十年的工作崗位，也離開朝夕相處的工程夥伴，在這乍別的一刻，是英雄也該氣短了吧？

我想起夥伴們安慰他的話：「換個角度想啦！最少，返去厝內，免擱流浪來流浪去，真正過一段家庭生活，卡免以後給老伴怨嘆！」

也許，把個家懸在百數十里外，果真是工程人員心中永遠的痛，永遠的遺憾！阿南被遣散，從此可以一家團圓，這該算是唯一的安慰吧？

4

車行屏鵝公路，左眼翠亮起伏的里龍山脊，右眼則是海灣岬角，碧波萬頃，我一直很喜歡恆春半島的山海景觀。

每行走一次山海之間的公路，我就忍不住要讚嘆一次，台灣，這個高山島嶼的挺拔雄偉，尤其是東部的海岸線，高山自海平面扶搖直上三千公尺，溪流切割峽谷，造就出許多氣勢磅礡的秀異風景。西部海岸線屬沙岸，平坦婉約，一直延伸到恆春半島，才轉換為珊瑚裙礁的海岸，半島的氣候、溫度、動植物，呈現出熱帶島嶼的特質——話題好像扯遠了，一整車的夥伴全是找阿南去的，他當警察的大兒子結婚。赴人家婚禮途中，夥伴坐在車內猛打瞌睡，好像沒誰注意我嘮嘮叨叨的讚嘆！

由南瀛丘陵邊緣的關廟，驅車直奔楓港，也確實是長路漫漫！

終於到了！楓港。阿南那濱海的老厝我去過，轉過幾條漁港小巷弄，就聽得到擴音器大聲演唱結婚喜氣——阿南正站在帆布篷架前迎賓。

幾個月不見，變白了，胖了！闊嘴笑成彌勒佛，喜宴上頻頻舉杯邀飲，讓草莽英雄的豪氣，痛快舒發，等他送客時，壯碩的身子已有點晃，那臉，換成醉了酒的關公。

回程車內，仍是一車酣睡的夥伴，呼息之間酒氣漫流，我從不喝酒，開車的任務自然歸我，我沉默地轉動方向盤，讓山海景緻掠窗而過，心中些許悲愴，些許欣慰。

阿南並沒有另外覓職，去貨運行當卡車司機，而是自己當老闆，他把自己的轎車當計程車用，專跑左鄰右舍的生意，由楓港跑高雄，跑台東，或者當恆春半島旅遊的司機兼嚮導，屬玩票性質的工作方式。阿南說沒有壓力，不過現代社會私家轎車滿街跑，生意做得零零落落，在海邊拿著釣竿發呆的時間，多過跑車。

些許悲愴，是因為我覺得人力資源浪費，國家經濟政策下，這些被犧牲掉的，各有專長的人員，毫無置喙餘地！阿南這個兼具卡車和吊車技術的專業人員，只落得持竿獨對大海蒼茫。

些許欣慰，則是我明白工程人員四海飄泊的生活型態，不習慣別離的人，必須耗盡力氣，才能擺脫魂夢繞天涯的苦楚！阿南守住老厝，守住老伴，更親自為第二代完成婚禮，交棒有人，這一生也不枉了。

枉不枉？我不確定！因為在喜宴的氣氛中，我只看到阿南的笑容，粲粲亮亮，像半島永恆的陽光。

草莽遊俠：阿元

1

「柳丁、甜文文的柳丁，一斤三十元，拚俗落價，兩斤算恁五十就好。」

「柳丁咧！歸車柳丁隨意揀，隨意翻，保證甜的柳丁，四斤算做一百，了錢返去厝內，才給阮某打。」

——頭家，你早，買柳丁，甜啦，沒甜免拿錢。你講啥？我透早練丹田，莫怪身體勇！阿伯你愛講笑，你才是身體康健，早時市仔天色未光，風吹在身軀頂是酸冷寒，你穿這款薄薄的運動衫，禁得起，老康健哪！沒影啦！啥米「老骨硬空空，老皮未過風」，你一定自少年就練出來。作息郎？是喔，有勞動，身體就會好，現在沒田好作息，透早練外丹功？就是講嘛，看起來你是有練過彼款型，我？你叫我阿元就好，來，嘟嘟好四斤，一百兩銀，這兩粒相送。

——不貴，老鄉，小本求利，講究的是貨比貨，這柳橙還是昨天跑一趟中部新摘下來的，你瞧它圓滾滑亮，這果皮是一點皺紋都不起！差個五塊錢三塊錢不算差！行，一句話，不夠甜不滿意整袋子提過來換，明兒一早我還在這兒等著您，四斤一百，拿小鈔吧，零錢也行，少十元？小意思，下回來，您記得了算給我。

——嗯？「萬」起露，「賒踢」答樂，西普？諾！諾西普！哎，頭大！遇到會殺價的菲傭！還用英文嫌貴！這個社區菲傭還不少，我的國中高中英文又全還給老師了——諾，諾，諾廸士抗！小生意哪還能打折，算了，多送三顆，one、two、three，OK？Thank you、good-bye，走吧，走吧，拜託！

——買什麼買？拿回去給孩子吃，過意不去，青菜一把，甘藍一粒拿過來交換，春嬌，阿木仔今天早上怎麼沒來幫忙照顧？昨晚喝醉酒了？阿木仔真是過分，等明天多少勸他幾句。生活逼人，早市晚市奔波，酒有那麼好喝的嗎？我的英文？哈！聽得幾個單字吧！真要用，舌頭就打結了！以前的職業？說不上好不好，工程人員，算公家機構，時代改變，國營事業民營化後，給逼著提早退休下來，趁年輕，拚一陣子吧！

「柳丁！來咧，拚俗落價，一斤三十，四斤一百。」

「柳丁——甜文文的柳丁看過來咧！」

2

早市的型態，跟黎明前的彩霞沒兩樣，熱鬧繽紛一小段時間，太陽一出來，那些美麗的雲彩就消逝無蹤。八點過後，市場裡只剩下不上班的老幼婦孺，我的流動水果攤，也用不著扯直喉嚨叫賣了。

隔壁菜攤春嬌，會多逗留些時候，把未賣完的，不耐放的青葉菜類，以接近底價的方式推銷出去，現代的主婦顧客精明多了，總會有人專揀這個便宜。那一批人算準了早市快結束時會出現，我也在等，等這一批最後的顧客，四斤一百元的牌子拿下來，換一張「不二價」的紙板上去，反正她們一定會殺價，我的底價也一定守住二十五，四斤，還是一百。

平分秋色兼皆大歡喜。

記得離開公司時，像隻無頭蒼蠅，在重新尋找工作的路上，處處碰壁！沒人懂我內心的焦急惶惑！沒錯，接近四十歲，從公家機構資遣下來，沒有人事背景，很難再有一份安穩的工作，翻開報紙，求人的廣告倒是很多，保險、直銷、新產品找代理商等等，都有幾分坑人的感覺，真正不利用人脈，賣面子賺錢，不用朝人彎腰低頭的技術人員和勞動人力，他們只要年輕的學徒或者是外籍勞工！那些薪水，也絕對不夠我養家活口。就像把我資遣的國營事業，民營化後，說是減少人事包袱，精簡人事以強化體質，才能提高競爭力，我們這一大批人下來了，公司卻反而引進更多的泰國勞工——我不知道政府經濟政策這筆帳，怎麼個算法？外籍勞工確實以保障底薪起薪沒錯，但加上食宿、機票、保險等等花費，算算也接近台灣勞工的薪資了！我搞不懂幹麼不用自家人，卻叫人家把台灣錢賺回去泰國花用！

這些困惑的重量，老實說，抵不上自己肩頭一家老小如何過活的壓力！我不能眼睜睜的看著退休金和遣散費慢慢消融。剛好一個遠房的堂兄弟，新買了一個市場攤位，打算只做「文市」，這個需要奔波的流動攤位和老發財貨卡一併盤給了我，試試看吧！當初我是這麼想的。

近一年來，想想我還真喜歡上「武市」這個行業，雖說天天趕早上青果社批水果，或者直接到產地收購水果，都挺辛苦，但以前在荒山野嶺駕駛怪手，為國家重大工程建設餐風露宿，不也同樣辛苦？當流動攤販，時間自己掌握，老闆自己做，賺了兩個字：自由！

人啊，總得找些理由說服自己，安慰自己，好過日子不是？

早市一結束，大概九點半到十點之間，必須趕到另一個傳統市場，在市場邊馬路上自己的「地盤」，一直守到整車水果賣光了，才算完成任務，運氣好，下午五點之前下班，輕鬆愉快，運氣背些，加班到晚上八九點也差不多了。

回到家，老婆一定會問：今天如何？哈！不是問天氣，不是問老公累不累，而是問——賺多少？

這就是自由業的好處了！我把大鈔小票全部拿出來清點，賺多少一清二楚，老婆不清楚的是我在路上就抽出來，藏在貨卡椅背後面工具箱裡的兩百塊錢。

我是半年前才開竅！原來不分男女，藏點私房錢完全是人性。半年，這半年來總共藏三萬塊有了，卻還沒想出花掉這筆錢的方法。

也許等什麼金婚銀婚紀念日時，給老婆買顆鑽戒——可如果不說明真相，老婆大概會一口咬定，我買個假鑽戒哄她高興。

哎！工具箱裡這一疊鈔票，還真是我最甜蜜的折磨哪。

3

春雨綿綿，綿綿春雨，哎！

嘩啦啦下雨了，你看那路上的人兒都在跑……這一首〈雨中即景〉的歌詞寫得真活，路上的人跑，穿雨衣的摩托車騎士也跑，滿街的轎車更不用說，車尾揚起一團雨霧，「嘩」一聲就過去了！誰肯停車下來，冒著雨買水果？三天前跑一趟台南關廟，批回來一整車鳳梨，可老天就連下了三天雨，害得我還賣不到三分之一！下雨天不吃水果的嗎？也不是！顧客都開著車直接到大賣場採購，就算大賣場的冷凍水果不夠新鮮，價錢高些，可是停車不淋雨，買東西身上不濕，就把我的生意全搶走了！

雨中即景怎麼不寫寫我們這些小攤販的心聲？也好讓我跟著哼哼唱唱！

我那堂兄買市場攤位，改做「文市」，其中一項理由就是——下雨天，生意難做！我算嚐到滋味了，夏季的豪雨或颱風，擺明了老天放假，窩在家中和放颱風假的兒女看電視嗑瓜子，老婆還滿高興的精心烹調午餐晚餐。這春雨，又叫梅雨，滴滴答答停不停下不下的！總不能生意不做吧？出了門，看著天色，心就這麼陰陰沉沉的懸著，雨絲飄一整天，情緒也就跟著悶一整天，難過！

我還好，鳳梨墊好通風，不腐不爛，晚幾天賣出不礙事，隔壁阿木夫婦批來的青菜，雨天賣不出去，全霉了黃了！真真正正的血本無歸。昨天早上，春嬌心情惡劣，翻出阿木喝酒的舊帳，兩人就在雨中吵開來，我好不容易勸得春嬌不再罵街，阿木這傢伙卻又拎著一瓶雙鹿，一包花生，跑到我貨卡駕駛室裡，在那兒自斟自飲自得其樂！咄！

下雨天，我也好想喝口酒，免得老是唉聲嘆氣。

閒著也是閒著，不由得我想起以前的工作，國營事業的土木工程機構。當兵退伍下來，考進公司，開始接觸土木施工機械，我是重機械操作員，十幾年來，不管推土機、裝料機、怪手等等，都摸熟做慣了，台灣十大建設之後的十四項工程建設，我至少參與了三、四項，水庫、道路、港口等等，隨著工程的完工開工，我流浪的馬蹄也跟著踢踢踏踏跑遍海島山巔水湄。那時候真是無憂無慮哪！別說下雨，老天就是下刀子，薪水還是照領，國營事業有保障，被叫做鐵飯碗，不過說真的，土木工程公司的鐵飯碗不比金飯碗，急崖險江得闖，烈日狂沙得捱，這碗飯，硬碰硬端來的。

昂藏青春，全交給公司，無所謂悔不悔，職業嘛，辛不辛苦其次，穩定最重要，哪想到鐵飯碗說翻就翻！是誰說過三十而立，四十不惑？我卻莫明其妙的在「不惑而立」的歲數上，皺著眉頭思索，人生世路，下一步該如何走？

有句話這麼說：一將功成萬骨枯！留名青史的都是大將軍，誰疼惜小兵小卒的生死，經濟政策因應世界潮流，轉個彎，咱這些基層小兵小卒，落下馬來，誰管？

都是這雨，哎！我發什麼牢騷呢？

只能巴望老天早日放晴，一放晴，我還是一個生龍活虎的市場遊俠。

4

「鳳梨咧，酸酸甜甜的關廟鳳梨，產地直營，愛俗貨趕緊來咧！」

「吃鳳梨講運就來，好運旺旺來，拚俗落價咧，一粒五十兩銀，隨在人客揀。」

——愛講笑！歐巴桑妳是內行人，鳳梨沒酸算啥米鳳梨？不擱是酸中有甜，關廟你知麼？對啦，台南，歸山埔攏種鳳梨，產地來的水果正港是讚，五十塊，多買一粒啦，後擺就沒了。

——嗨，老鄉，下了好幾天雨沒看您老出門，柳丁甜吧？我說嘛，小生意全靠您們捧場，不夠一級棒的水果，哪敢叫您整袋子提回去。今天賣鳳梨，不誇口，保證原產地來的，關廟！玉井出芒果，阿蓮出棗子，這關廟靠著山邊，就鳳梨特別甜。一顆？一顆哪夠？我再幫您挑顆最甜的，一百，就一百，上次？差十塊錢不差，免啦！

——你是……陳仔？修理廠引擎師傅？嗨，我是誰你忘了？牡丹水庫時，我在壩頂開推土機的老胡，胡慶元，想起來了吧？三年多了，原來你就住在這社區附近，還真是第一次碰上呢！是，資遣下來就變成社會流浪兒，趕場呀，早市午市黃昏市場都跑，你呢？哈！調到關廟啊？南二高工程對吧？前幾天我才去過，看到公司的宿舍搭在半山腰，下次，下次一定彎進去，阿忠、公道仔都在，好極了！這一車鳳梨賣完，再跑一趟。去去！一顆鳳梨算什麼帳？不拿我翻臉了！

——有嗎？春嬌，我有嘆氣嗎？老同事老朋友，以前在牡丹水庫一起打拚過四年。沒辦法！是啊，公司民營化，要裁員要降薪，我被裁掉的！公不公平難說，總要有人被犧牲。不會啦。能怨誰呢？算了，不提！阿木呢？今天又沒出門？哎！台語說「恨命莫怨天」，妳自己看開些。我？當然看得開！

「鳳梨，鳳梨咧，頭殼看往這邊來，買鳳梨就來咧。」

「甜鳳梨，袂酸的鳳梨，拚給伊俗到底咧，大拍賣，來咧，一大粒五十元。」

草莽遊俠：阿順

1

小代誌，小代誌，妳青番呢？有我在咧，我保證妳掛無事牌，好嘛？阿順仔叫妳大姨，我知，我是伊姨丈甘講我就未記？講過啦，拘留一日兩日算什麼？伊娘咧，卡早我蹲在籠仔內足足一年半，甘有看妳急這款型？去籠子內看我一遍，相罵一遍，啥米莽撞囉，展氣魄囉，迌迌無了時囉！人在江湖，有時是不得已的！你放軟！人直直要掘深落，彼當時我捧「武仔」出來，是要叫恁愛有斬節氣，收保護費哪有不二價，伊貓仔面講十萬，我五萬元雙手捧出來，不收？伊皮在癢……好好，過去的代誌，涮涮去，沒講沒怨氣。

我是比喻給妳聽，阿順的代誌好解決，像貓仔面這群人，現在不是和咱好得親像兄弟！世間萬項代誌攏有辦法解破，阿順仔無起腳動手，是人客飲酒醉，自己摔倒，頭殼去撞到桌角。是不是不管啦！反正筆錄是按呢寫的，分局彼邊，我叫蔡議員去講過，有啥米人問起，妳就是答這套！伊娘咧，人敢係紙糊的？撞一下就腦震盪了！

人客彼邊？古意人啦，其實沒啥代誌，受傷，去病院裹藥就好，是伊逗陣來的朋友緊張，無代誌報啥米案？才會牽連阿順仔拘留。

分局有議員，人客彼邊我叫貓仔面去和解，注射、裹藥了後會吃會睏，有啥理由不和解？賠多少給貓仔面去講，要橫要硬要講道理攏總可以！未啦，古意人沒去向天公借膽。

保也好，沒保也好，關兩日阿順仔才會大漢，和解了後未留案底，「不會」啦！哎！妳真正有夠白目呢？好好好，保，我保，我絕對保伊出來，安啦！

甲彼奇？大姨卡親，姨丈就沒親？講話愛憑良心！白目查某。去啦，去每一間房間巡一遍，跟人客敬幾杯酒，地下酒家的頭家娘有彼好做呢？

2

阿琴，妳是老闆娘，要不是妳問起，有些話我是不願意說的。阿順發生這種事，我老早預料得到。今天阿順不和客人衝突，也許就是明天，也許後天，總之一句話：阿順太單純，這地方不適合他。

我說阿順單純，絕不是傻呼呼的那種單純，而是他無法接受這邊的複雜環境！上門的客人哪個不是大爺？尤其幾杯酒後，更是膨脹得厲害，要人捧，要人賠笑臉，阿順不夠親切，不肯彎腰低頭，他以前在公家機關待久了，是哪家工程公司吧？公務人員硬梆梆的個性我瞭解，勸過他改改性子，白勸！這其實都沒關係，小費少拿點吧！

真的，阿琴，阿順會和客人打架，除了個性，米雪脫不了關係！那個新進來，裝得像個淑女的那個米雪，最少負一大半責任！

我小萍跟妳阿琴那麼久了，妳也知道，我不是那種背後說人是非的女人，進來這間店的小姐前前後後不算少，到今天為止，妳也只聽到我不喜歡米雪這個人！直覺，反正我就是覺得她太假。

說不投緣吧，我不批評她。進入酒家上班，也就是酒家女！這一行的女人，誰背後沒有辛酸身世，動不動掉眼淚？就別做了吧。阿順是看到米雪一臉委屈樣子，端著盤子，臉就拉下來了！故意不給米雪坐枱的客人毛巾，那客人幾分醉了，指著阿順鼻子罵三字經，還動手拉扯阿順的領帶，我看得清清楚楚，阿順繃著臉用力一掙，盤子就敲上客人的額頭，沒有人來得及扶他一把，腦震盪？客人是往後倒的，倒在桌子上，也許真的撞到桌角了吧！

那一票客人？還算好啦，就是愛划拳，愛逼小姐喝酒！毛手毛腳吃吃豆腐，哪一枱的客人不會呢？男人嘛，喝了酒當然鬧得兇些，阿順向來比較照顧米雪妳也知道的，如果米雪不裝出那副可憐相，不就什麼事都沒了？

小萍我直話直說，我真的感覺這樣，妳也不用去問米雪了，免得讓她誤會，我這人從來不在人家後面說話的，妳知道對不對？阿琴。

3

對不起，琴姨，對不起！阿順的事情我很抱歉。這幾天，小萍她們幾個小姐對我冷嘲熱諷，怪我害苦了阿順！我不在乎她們誤會，但阿順叫妳大姨，我必須向妳解釋，希望妳不要誤會！另一件事是請妳答應我——辭職。我今天來，是特地來跟琴姨妳道別。

不是跳到別家做！不是！進來這裡三個月，琴姨妳怎麼照顧我，我心裡明明白白！去別家，找不到這麼好的老闆娘了。我是真的想脫離這個行業，我自己放不開，得罪了不少客人，也讓琴姨妳為難。

負債還沒清，還沒！也不是很多。我老公跟朋友合夥開店，朋友把錢拿跑了，我當初進來，是為了孩子，那時候連生活費都有問題！可是進來這裡，才知道，這世間還有比貧窮更讓人難過的事。

阿順的事，確實是我決定離開的理由，我一直猶豫，也一直強迫自己再忍耐一些時候！那天，也就是客人和阿順打架的那一天，我坐枱的客人早就喝醉了，態度惡劣不說，手腳一直不乾淨！我明明白白的把情緒擺在臉上，只是為了讓那客人有所節制，但客人把氣發在阿順身上。阿順給他毛巾，那客人故意不接，等阿順把毛巾遞給別人，卻誣賴阿順不給面子，借酒裝瘋的去拉住阿順的領帶，還做出牽小狗的動作！我都快氣哭了！為什麼他們花一些小錢，就把我們這些人不當人看！

反正我要離開了，小萍她們當面或背後怎麼說我都沒關係，但是她們不該把我跟阿順扯在一起。我有家庭，阿順也有家庭，那些閒言閒語的殺傷力很大！尤其是阿順，他是個不懂世情險惡的公務人員，不曾真正的在這混濁社會打滾過，他沒有理由受傷害。

沒有什麼隱瞞，沒有！琴姨，小萍不會說話，但對人對事誠懇，我雖身處煙花，卻也不慣虛情假意，因為相同的這點「真」吧，我們彼此留有好印象，也只是好印象而已，我在這裡上班下班，跟阿順一天談不上三句話，這些琴姨妳最清楚了。

他不跟別的小姐講話？我不知道呀！阿順原本就不是個多話的人。沒錯，他送我回家過一次，就那一次，我老公還找我吵架，難道這也成了小萍她們的話柄？

不管那麼多了！琴姨，我離開這兒，會把這兒的記憶整個消除！不管是客人小姐。但我會記得妳，妳在我最困難的時候照顧我。也許，我也會記住阿順，他是好人。

他保釋出來了嗎？這陣子請假？就麻煩妳跟他說一聲吧，說我對他很抱歉，也謝謝他。

4

喂，妳是大姨嗎？我阿順啦。

大姨，我確定不回去妳那兒了。少爺的工作輕鬆，薪水也高我知道，我的脾氣沒辦法，只會替妳添麻煩！現在我已經找到一間大樓當管理員，就是守衛嘛。

薪水跟酒家那邊當然不能比，沒關係，妳不用擔心，公司資遣下來時，領了資遣費和安家費，加上大樓守衛的薪水，省點花用，還過得去。

家裡也反對我再去店裡上班，日夜顛倒！下班時孩子都睡了，早上太太上班，孩子上學，我還在睡！幾乎沒什麼機會見面。那不一樣，大姨，以前跟著跑工程，見面機會不多沒錯，但每一次休假，就是全心全意的過著家庭生活！在店裡……對不起！大概是不習慣吧？只覺得心情都不對了，在家裡跟孩子們一起，脾氣變得好大！

原本的工程公司？大姨，我跟妳說過了，並不是表現不好，也沒犯錯。就是國營事業把資產換成股票賣出，當然是財團買走，然後就由財團來經營公司，國外早就這麼做了！公家機關變成私人公司，會提高競爭力。我們被資遣，就是減少公家機關時期的人事包袱！妳不懂沒關係，被資遣算提早退休，不能說犧牲，公司按勞基法給錢，法律上站得住腳，控告公司？沒理由呀！

丟了工作，再找就有！我的同事有很多人擺夜市，一樣可以過活。大姨，我先去當一陣子大樓管理員沒關係，好的，有問題一定開口！妳是大姨，看著我長大的不是？

大姨丈呢？真謝謝他這一次幫忙，在拘留所待了一天，想了很多事，因為自己莽撞，給大家添了許多麻煩！我知道大姨丈有辦法，醫藥費呢？我多少得負擔一些！不提，不提！妳別生氣！我哪敢當妳是外人？

米雪離開了最好，她不像酒家女，這行飯會吃得很辛苦。小萍她們幾個要誤會，由得她們，我不去，米雪也不做了，那些多出來的話，慢慢會消去。

妳那邊有客人要招待嗎？我掛電話了，謝謝妳大姨，我們再聯絡。

心情故事

今晚，牡丹山區的夜空，浮雲掩月。有風，風微涼，我看著或濃或淡的雲彩，掠過上弦月。濃雲厚重，像扇古老幽暗的木門，只一合攏來，夜色就深沉幾分，雲淡的時薄似蟬翼，飛過月牙，那翼翅還會泛出彩光。我拿了兩張椅子（一張椅子墊腳用），坐在月下，也坐在工地宿舍的路燈下，想跟妳寫些心情。（手記簿子攤在膝蓋上半小時，我也看了半小時被遮遮掩掩的月亮。）

原本有一些感觸想藉由文字傳達給妳，有點猶豫！妳知道牡丹水庫的工程快結束了，也聽我說過，我們工地宿舍已經開始拆除，要把鋼架骨材運往另一個工地（南二高關廟段），的確，拆宿舍的動作非常快，才幾天功夫，原本排列齊整的宿舍，就給拆得七零八落，碎磚碎瓦散置一地，入眼好生淒涼。「眼看它起高樓，眼看它樓塌了！」如此形容未必妥當，若說杯盤狼藉曲終人散，卻是差堪比擬！

我猶豫的是——該不該告訴妳那幾分淒涼況味？十數年來，說的都是飄泊男子的堅強，勸自己也勸妳習慣聚散的必要，這會兒怎好自己洩了底？

打從水庫的大壩高高聳峙，溢洪道和取水口的結構完成，我們這一群在牡丹山區見慣青山白雲的漢子就知道，該跟山水道別離了！現在壩頂路面柏油打好，路燈豎了起來，溢洪道三扇巨大閘門油漆刷過，引水渠道封堵後甚至集水區水位漸漸匯集成潭，那種離別的氣氛就更強烈了些，再加上這陣子人員調動頻繁，有往中北部工地支援的人，很可能從此一別，相見無期。於是淡靜山居到處可見這樣的場面，三五人相約路邊小山產店，把酒清談，待夜深扶醉而歸，猶聲聲互說珍重。

我天性冷淡，宿舍區內孤獨去來，彷彿世情不管，不喝酒的我也少有呼朋引伴的熱烈心情。然而逐漸空蕩的山居，幾次叩我窗紗，隔窗向我道別的夥伴，撩撥我產生別離情緒，算正常吧？（再怎麼說，總是三年多來晨昏相見的山水佳友了不是？）

同屬黑手工作的夥伴，情誼會更深些。

那天，北二高木柵段需人支援，即將被調走的黑手夥伴家住水底寮，他在牡丹工地幾年來過的是天天上下班的生活（羨煞咱這些出外人），這下子天南地北，自台灣尾跑到台灣頭去了。上司點名調人，他不能不去！接下來幾日裡，我卻見他強言歡笑中難掩眉間心頭憂思，我追問他，是不是家中有什麼牽掛？的確有！他年邁的母親一個禮拜洗腎兩次！身體狀況令他懸心，老婆在家裡開了間「阿華燻肉店」，小本生意需要他下班後上班前幫一些忙！公事上他不得不走，私心卻明知不宜遠遊。

我去找上司溝通，將他的困擾呈報，並且建議由我頂替。（妳知道我為什麼告訴妳，我可能會流浪到台北木柵的原因了吧？）我心裡的想法很單純，半島三年，太熟悉的風物人情，我難得有新鮮心思寫新鮮文章，我有驛動的理由，他有不能流浪的難處，走馬換將，正是兩全其美！

豈知世事難料，未必盡如人意，黑手夥伴是留下來了，上頭卻也不讓我走！如此這般，我才有機會感受牡丹水庫由急鼓繁弦直到幕落匆匆的景象。

（剛剛有個工務組同事走過來聊天，她叫我多添一件衣服，說山風已帶寒意！）

工程機構編制可分兩大類：機務和工務部門。工務人員掌管土方、道路、建築等進度施工，機務調度並維修所有工程機械，我隸屬重機械修護場，平常只管機械健康狀況，和工務人員並無直接聯繫，只知道同一餐廳吃飯，同住宿舍區，雖是熟悉了的臉孔，我也從不道名問姓，窄路相逢，非打招呼不可時我總是點個頭就算數！

而我知道，他們大都認得我！牡丹工地寫文章的只一個，宿舍區窗口最後熄滅的那盞燈，燈下是我！風中吉他、霧夜笛聲，騷擾旅人夢魂的也是我，而這樣的我引人側目大概不稀奇吧？包括許多剛進公司不久的年輕同事，那一窩清新可喜的臉孔，我還沒認完呢，他們早衝著我把陳大哥喊得親熱極了。

剛才要我披件外套的女孩，沒有依照往例，打聲招呼關心兩句就走！她告訴我，隔兩天她就調走了，新工地離家近些，可以上下班，但想起馬上就要離開相處近一年的同事，心裡難過。（年輕女子，說起聚散離合，眼眶都紅了！）

我把椅子給她，拿勸過妳的話安慰她習慣就好！聊了學校家庭和她曾經刻骨銘心的戀情，甚至應她要求，彈了幾首古典吉他，道過珍重再見後我才發覺，我忘了問她名字。

一席話，投石問水，她說我點破她情愛的迷津，讓她能更清楚面對和擁抱愛情！她再多讀十年書，也學不來如此人情練達！她提起另一個女孩的名字，幾個月前離職的她的室友。她認為如果這室友能在情愛抉擇的關卡前聽我一言，也許就不用被迫離職了。

愛如水，能載舟也能覆舟，情似火，給人明亮溫暖也可能導致烈焰焚身！愛情這道題目深奧無比，目前還沒有標準答案。她室友的愛情就屬「烈焰焚身」型，但她室友離職前曾和我深夜傾談的事，她不知道，全宿舍也沒人知道。（對不起！我也沒告訴妳，人間世事，百苦千難。我不想添妳煩憂。）

那個已經離職的女孩，一場烈火戀情，曾經在牡丹工區燒得人心滾沸，也把她一干只問工程進度不懂愛情溫度的直屬長官，燒得焦頭爛額！

從耳語漫流開始，我就聽聞那女孩和一已婚男同事過從甚密，一直到這男同事的妻子，攜一雙小兒女吵上工地辦公室，我才確定，又是一場水深火熱的外遇事件。

同樣一個浮雲掩月的夜晚，宿舍區在近十二點時，喧吵的人聲全被蟲絃蛙鼓替代。我這間寢室的幾個夥伴都各自回家了，難得絕對孤獨的時間和空間，我一個人讀書寫字，渾不知夜正深沉。忽聽得有叩窗聲，我扭轉桌燈，照向窗口——一張素淨的眉眼低垂的臉蛋湊近窗口，微笑著說：「陳大哥，能不能跟你聊天？」

只這絲飄忽的微笑，她那俏豔青春的容顏，竟然大有滄桑悲苦之情！我有些意外，她可是這些日子來，牡丹工區的焦點人物哪！我告訴她屋裡沒人，入內一談無妨，怎知門開處，卻有一股酒氣溢盪進來！

她喝了酒，燈光下臉色有點發白，一個年輕女子夜半進入男人宿舍，必須有勇氣承擔別人的閒話，酒也許真能壯膽，也或許關於閒話，她已多得不再在乎了！我泡茶，讓她醒酒，雖然她看起來沒什麼醉意。

一份天地間無處遁逃的情愛故事，我從她自責自憐都有幾分的訴說裡，描繪出緣起緣滅的輪廓！單身女子身處荒冷異鄉，是那男子貼心的呵護給她溫暖，而日久情生，終於讓她選擇放縱心靈，為愛而做一次美麗的冒險！她覺得，她從來不想傷害或奪取這個男人原有的世界，而為什麼這個男人的世界卻反過來攻擊她！

她聲聲追問：愛，有罪嗎？她的最痛就是為什麼這個男人，不能保護她！

我傾聽的時間多，泡茶的手勢多，情愛困境，解鈴猶需繫鈴人！縱然我有智慧如劍，未必真能斷人情緣牽扯！因而我語意平和，不露鋒銳，我清楚，她只是很想尋一個能聽懂她而且能夠寬容看待各類形式感情的人，好讓她盡情傾吐深藏的苦楚罷了。

一般而言，作家剛好給人一種特立獨行的感覺！慣寫風花雪月和容易傷春悲秋，這感情總比一般人還豐富些，她肯定我就是感情豐富的另類人物，不會用世俗規範來勸她罵她或嘲笑她！而我贊不贊同？愛，可以淩駕一切呢？

我贊同純性靈的相吸引，是件美好的事情，但必須不能干擾旁人，簡單的說法是「不要把快樂建築在別人的痛苦上」，顧及旁人的感受，應是群體社會必須遵循的原則。明文規定有「法律」！自我約束力量是良知，太自私的愛情，就算逃脫法律緝捕，恐怕也難以通過道德良知的審判！

那夜，女孩堅定的告訴我，她會主動離職，換一個新環境新工作，把這段旋生即滅的情愛，徹底自記憶剔除。我真心的祝福她，因為年輕，情傷的癒合能力也強，傷口結疤後，疤會變淡和消失。

如今，這女孩早已離開牡丹工地，工地由喧囂復歸寂靜的過程，她無緣目睹，我這陣子來像白頭宮女話天寶遺事，也把她的一段少女情懷娓娓道出，這她就更不會知道了！

以手記方式紀錄牡丹工地的心情故事，別人的、自己的，只盼說與妳知曉。然而夜……夜是真的累了！雲彩不再飄動，月牙勾住浮雲一角，畫出一個半圓的彩暈，四野群峰夜霧升起，彷彿柔薄紗帳，圈攏來，喚人入夢。

心情細說分明，我該睡覺去了。

輯 二

海島傳奇

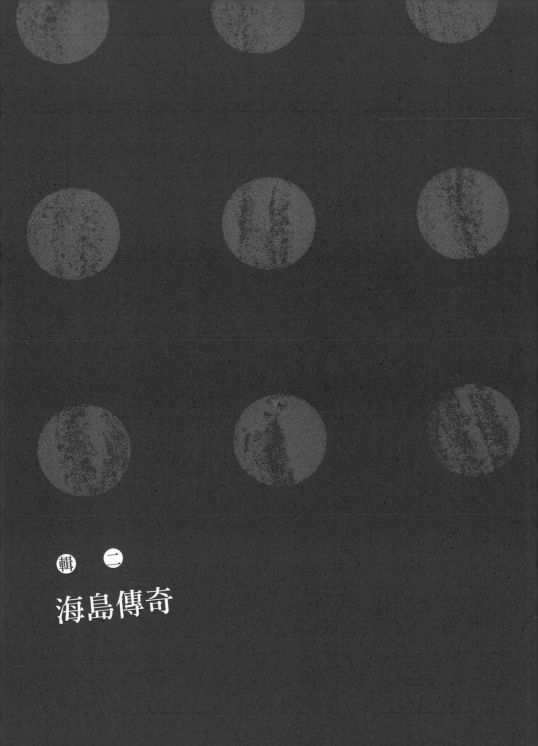

S型美女

斷牆殘壁，泥石斑駁，灰色系的背景彷彿荒漠廢墟，炙燙的一方陽光，無情燒烤著躲在牆角的那一叢枯焦灌木，只看背景，攝影師鏡頭想要表述的意象是「熱」！想要勾引欣賞者的情緒是「焦躁」或「飢渴」！

我湊過去看黑手夥伴們擠成一團正觀賞著的月曆圖片——西洋裸女月曆。笑著說：「有水準！這個攝影師所取的背景，將炎熱荒涼以藝術型態呈現，剛好遇上你們這些有水準的鑑賞家，才會一個個看得臉紅心跳、口乾舌燥。」

手上正捧著一杯冰水的夥伴回答：「別假了！再假就不像男人了，漂亮美眉誰不愛看？花花公子的玩伴女郎，流行全世界，這款身材，在台灣無處找！」

焦乾火燙的背景襯托主題美女的無邊春色，清澈如海的眼波，紅唇甜蜜的笑容，長腿修長瑩潤，腳下踩著超高的高跟鞋，把豐胸肥臀彎成一個S型！柔媚誘惑的女體曲線，果然也吸住我的眼光。

所謂「吾未聞好德如好色者」，儒家板著臉說話，大概也說到了包括我在內的這群黑手夥伴。

幾本裸女月曆，在黑手工作空檔的時候，被翻得有點髒有點破，有人意猶未足，說：「看外國女人無啥意思，我有一本台灣土產的寫真集，F罩杯的！明天拿來，新書貴得要死，接受預約，看一遍一罐啤酒！」

美女寫真大流行後，書局、文具店、便利超商全擺上書架促銷，不只黑手夥伴有人會買，恐怕台灣男人手頭上有幾本寫真集的，為數還不會太少。

世紀交替，女性思想更加解放，所謂年輕不要留白，秀出自己美好的身材，見證自己曾經青春豔媚，已成一種流行趨勢。影藝圈女星的臉孔和身材，如果夠資格拍成寫真集，更可和出版商合作，以法令邊緣的極限尺度，開創演藝事業契機。鏡頭前寬衣解帶，因此成為美豔女星名利雙收的另一條捷徑。

搶拍寫真，競說波霸的結果，卻帶動出另一行業的興盛——瘦身豐胸的美容業。

標榜著可為女性雕塑身材的公司，如雨後春筍般一家家冒出！且不惜砸下巨額廣告費用，天天在各種媒體上耳提面命，催眠每個愛美的女人，讓她們相信，一定做得到，可以輕輕鬆鬆的成為男人「一手無法掌握」的女人！

這樣富涵意象，詩化的廣告用語的確很動人！廿一世紀，女權抬頭，「楚王愛細腰，宮中多餓死」這種取悅男人的方法，現代女性當然不屑去做！所以廣告用詞一再強調，雕塑身材只是去除自卑，增加自信，和取悅男人完全無關！

自信的女人最美，這一點我絕對相信。

我有一點點懷疑的是——女人的自信和乳房的大小成正比嗎？女人的美，需要一個S型來呈現嗎？我覺得，如果女人這麼簡單的歸納出結論，未免把男人全瞧扁了。

動物在求偶期間，會突顯性別特徵以吸引異性，或氣味或顏色或聲音，這是物種延續的本能反應，無可非議。然而，人類自誇萬物之靈，正極力擺脫獸性本能，提升生命層次，兩性之間互相吸引的因素，因此不再受限於動物性的外觀樣貌，而出現了多樣化的選擇。學識、品德、氣質、韻味等精神範疇的條件，其實更適合廿一世紀的男女。

《坎培波拉死亡書》上，有一則危言聳聽的預言：千禧年起，惡魔撒旦即將復活，這一次，祂不再是野獸，而是美女！

且不管預言負不負責任，就說是吧！擅於魅惑的撒旦美女，以魔鬼身材招搖於男人眼前，就能肯定在廿一世紀，造成一場美麗的災難嗎？

我那個把寫真集拿來與黑手夥伴分享美色的同事說：「你到底要看幾遍啦？喜歡，給你娶返去做某，要不要？」

「水某歹照顧！」黑手夥伴闔上寫真集，嘆口氣說：「送我？我也不敢收！欣賞可以，玩玩可以，作某？免！」

黑手夥伴的一張嘴，永遠吐不出象牙來，然而，粗魯的話語背後，可能隱藏了——決心成為「S型美女」的女人需要思索的奧義。

百年孤寂

乾坤一轉丸，日月雙飛箭。只一眨眼，廿一世紀千禧年已然過了不少個年頭。

在二十世紀結束前，英美等國家不約而同推出百年回顧的出版品，大略分出有二十幾個項目，醫學、歷史、環保、科技、經濟等等。聘請學有專精的各行頂尖人才，執筆書寫，一方面回溯百年來人類活動的軌跡，另一方面則以其專業的知識預先推測廿一世紀的走向。

譬如醫學，由於醫藥器材和生物科技的長足進步，執筆的專家預估在廿一世紀，癌症、愛滋等絕症，都能有效抑制，器官移植的手術，也會因為基因工程的進步而產生供需變化，以細胞培植的「複製人」，將供應絕大部分治療時所需要的人體器官。

有點恐怖！但二十世紀末，基因工程創造的「複製羊」活蹦亂跳，到了廿一世紀，因為人體器官供不應求，大量培植「複製人」以應市場需求，倒未必是聳人聽聞的事。

黑手夥伴們工作偶有空檔，手雖停了，那一張張嘴可不肯閒著！有人提出他的看法：「這樣不好吧？人體器官來得太容易，誰還會珍惜？飲酒傷肝，肝臟若能輕輕鬆鬆換一個，這世間天天醉的人，我看就多了！」

另一個人不同意：「往好處想，我贊成！譬如老魏你的重機修理技術一級棒，四十出頭剛好最純熟，身體某個零件卻壞了，若能換個新的，功夫不會失傳，經驗技術還可以繼續貢獻國家社會，很ＯＫ的呀。」

老魏抓了一把「黑手變白手」的肥皂粉正用力搓揉，聽到話頭牽扯上來，連著呸了幾聲，說：「烏鴉嘴！我可是一尾活龍。真有那一天，拿我的細胞去培植一個全新的老魏才正經，什麼技術經驗，不就全留下來了？」

「不行，不可以！有問題！」又一個見解獨特的人說了：「妳老婆怎麼辦？萬一他認了年輕力壯的小魏，把你這個老魏踢下床，可如何是好？」

的確有問題！前瞻性的預測，黑手夥伴少了醫學專業知識，海闊天空兼胡思亂想，都做不得準！我也不操這個心。英美出版的的百年回顧，以宏觀角度探討百年來的人類演進，我眼界不夠寬廣，其實想到的只是台灣！蕞爾小島福爾摩沙這百年來的苦澀與孤寂。

翻開近代史，從歷史角度出發。台灣百年來一頁頁都是悲情！世紀初，滿清皇朝日薄西山，暮色已深，一紙條約將台灣土地和人民割讓給日本！承受五十年的異族統治。海島山林的資源，讓日本肆意搜括！一直到第二次世界大戰，強徵台灣子民到南洋，充當軍伕、砲灰或慰安婦！而影響最深遠的是皇民化的殖民政策，到如今，台灣人民的生活習慣、商品選擇等，還無法擺脫日本情結。

戰後，不平等條約廢除，台灣脫離日本統治，神州大陸卻早已改朝換代，遺棄台灣的滿清皇朝覆亡，台灣接受中原召喚而成中華民國一省，再幾年，國共兩黨爭鬥又起，神州變色中原板蕩，台灣又成為國民黨政權的最後根據地。

國土分裂，兄弟鬩牆，卻沒人問過台灣的子民何去何從，曾經有人發出微弱的抗議聲音，卻在白色恐怖的高壓下噤口無言！當時的蔣家政權，一心一意逐鹿中原，從未體恤這塊土地上的人民，再次被殖民的羞辱與悲情！

也許，差堪告慰的是順應世界潮流的民主主義在台灣，而不是專制極權的共產主義！

讓百年來蕭索孤寂的台灣子民開始擁有自己的財富土地，擁有比較自由的生活方式，並且因為胼手胝足的勤奮，創造了台灣經濟奇蹟，成就了亞洲四小龍的美譽。

經濟繁榮讓台灣這個小島閃亮生輝，城開不夜，然而悲情還在！退出聯合國之後，台灣的外交在國際上幾乎處處碰壁，亞細亞的孤兒，在兩大強權國家互相牽制、利用、對立的夾縫中，如何突圍或——存活？

回顧百年來的海島歷史，但覺滄桑辛涼！惦起腳尖，遙望廿一世紀的台灣前途，影影綽綽發現海峽對岸揮舞棍棒威嚇的巨大身影還在！要轉個彎吧，曲徑蜿蜒，霧鎖雲封，誰也不知道下一步，是橫崖斷嶺？還是坦途大道？

黑手夥伴沒人管我憂思縈繞，他們說：「咱在基層，最低的一層，免去看那麼遠，也看沒那麼遠！一步一腳印，啥米攏不驚，按呢就對了！」

是這樣嗎？在廿一世紀初，許多人類活動的預測，因有脈絡可循，或許將一一實現，唯政治最是詭譎兇險！

有誰呢？誰能以大智慧精準預估，並且帶領台灣子民，揮別歷史悲情，走出百年孤寂。

情色預防針

重金屬的旋律，衝擊著每個人的心跳，心跳的頻率逐漸和強烈而清楚的節奏吻合！整間泡沫紅茶坊裡，掌聲很瘋狂，尖叫很放肆，所有眼光的焦點，正熱切投射在店內圓形舞台中央，那支閃動冰冷銀光的鋼管。

拿著皮鞭，一身黑亮皮扣，緊身皮衣皮褲的女郎出場了，音樂聲有一剎那的中止，讓長統皮鞋鞋跟敲響光滑舞台地板的聲音更扣人心弦！每個人都屏息以待，等待音樂聲再度響起的一刻，舞台上神秘狂野的鋼管女郎將有一場，媚惑冶豔的精采演出。

除了泡沫紅茶店鋼管女郎的豔舞，PUB以及一家家迎合新世代男女的各式商店，也開始出現走秀的節目，泳衣秀、睡衣秀和內衣秀。情色邊緣地帶的火辣秀場，讓我們的青少年提早習慣聲色誘惑的氛圍。

少男少女，心性的觸角猶如初破土的新芽，脆弱易驚！才伸出這麼一截探觸社會現象的鬚根，便是如此汙濁的環境！他們的生命，將成長成什麼樣的姿態？期許他們的根莖埋入淤泥後，真能風姿綽約的長成一朵朵白蓮嗎？

我擔心！我那些莽莽撞撞的黑手夥伴可看得開：「這是開放新潮的時代了，流行只要我喜歡，有啥不可以？那麼多青少年在那種場所流連忘返，哪有每個人都變壞？有些只是好奇而已，沒去見識過的都是ＬＫＫ一族，落伍啦！」

其實我很明白，台灣的社會文化，在世紀交替時出現許多奇特現象，鋼管女郎的情色表演只算冰山一角，那些潛伏在水面下的色情，才是真正敗壞人心兼汙染人性！上一任台北市長，曾經鐵腕廢除公娼，下一任市長，卻又通過了延長期限！激烈或懷柔，各有堅持，是非功過自有歷史去論定。

公娼制度的存在，正是明明白白的將人性汙點擺在眼前，而根本的問題癥結是——肉慾的買家賣家，或明或暗從未在這世界上消失過！廢除公娼，只是遮掩了瘡疤，反面人性的病毒，還是無法消除。

我的黑手夥伴下了結論：「以後，少年郎要接受的試煉更多，看那些表演，當作新兵訓練囉！」

曾經有人偷偷錄下來，中元普渡慶典上，鋼管女郎當街大跳脫衣豔舞的錄影帶，並且由電視台馬賽克處理後播出！記者訪問現場民眾，答案是「好兄弟」愛看，演給孤魂野鬼看的！神鬼世界原是人心造境，說穿了是生者愛看，圍觀的民眾中男女老幼都有，限制級的鏡頭如此毫無遮掩，突顯出台灣情色文化的低俗鄙陋。

拉丁美洲有嘉年華會，每每吸引世界各國觀光客躬逢其盛，形成其民族特色。台灣由政府觀光局主辦，結合地方產業人文特色的民藝華會，也足夠推上世界觀光舞台，偏偏最具民間信仰色彩的普渡慶典，卻出現如此不堪的場景！這捲錄影帶，要是流落至國外，台灣大概要多出來一個「色情之島」的惡名了！

掃黑掃黃的官方行動，總是熱熱烈烈一陣子之後又趨於冷淡，那些對著全國民眾信誓旦旦的上任新官，「行動持續永不停止」的話語，猶在耳邊，眼前綺迷霓虹又慢慢炫閃在大街長巷！超過夜晚十二點，繁華夜街原該冷冷落落，卻仍有一看就知道是色情行業招牌的虹影燈光，支撐著城開不夜的盛世景象。

城市鬧區如此，素樸鄉間又如何呢？

黑手夥伴們凌晨回到工地宿舍，他們提早將車子熄火，合力推入宿舍區停車場。這些酒味後還愛沾些粉味的夥伴，也知道此事不宜張揚，卻難免讓我這個挑燈寫稿的夜貓子逮個正著！

「去逗位？」我算是明知故問。

「小吃部吃宵夜，擱兼唱歌啦！拜託咧，你是不通寫入去文章裡面，知影無？」回答的黑手夥伴故意把小吃部，以台語說成「小姐部」。

鄉居空曠，小吃部的霓虹和粉色燈光遠遠的就亮在村莊農舍邊緣，誰都知道那是茶室、酒家、越南店的現代化名詞，大概只有執法者不清不楚！警力有限，執政者魄力不足，城鄉都教情色霓虹攻佔了。

我們這一代，耳濡目染後清者自清，濁者自濁，下一代呢？我們留給下一代的，就是這麼一個充斥色情病毒的社會環境，而他們的抗體，夠不夠呢？

「安啦！現代的少年囝仔，攏有打預防針啦！」黑手夥伴齊聲回答。

我——我要不要相信夥伴的說詞呢？

海島公路奇觀

官田蒸氣菱角。

關廟鳳梨、關廟麵。

埔里紅甘蔗、薑汁甘蔗汁、炭烤甘蔗。

土窯雞、跑山雞、桶子雞、露水雞、鋼管雞。

修理場的黑手夥伴們，正比賽著誰最「見多識廣」。話題大概是由哪條公路的哪家檳榔西施的衣服最涼快說起，有人突然轉了方向：「台灣公路尚介水的風景，絕對不是檳榔西施！給你猜，是啥？」

誰知道他葫蘆裡賣什麼藥？岔開話頭出了謎題的夥伴，只好給提示：「譬如黑珍珠、黑鑽石、很漂亮吧？」

「充滿草根風情，也洋溢著生命力，想瞭解台灣奇蹟背後推動的力量，想知道為什麼台灣錢淹腳目，跑一趟公路，多看看那些斗笠花巾、蒙頭蓋臉的歐巴桑，就全明白了。我覺得這才是台灣公路上最美的風景。」他正經八百的自己下了結論。

然後我開始聽他們玩接龍遊戲，一個人說一個路邊攤招牌。太麻里的釋迦說了，阿蓮的棗子說了，白河蓮子蓮花和麻豆文旦當然也說了，全省各鄉鎮著名的農產品，都會在盛產時期，上公路兩旁擺攤叫賣。我記憶中最美的公路風景，卻一直沒人提出！等了一會兒，我終於忍不住插嘴：「跑山雞、露水雞，在公路兩旁血淋淋的宰殺，有什麼漂亮？我說一個——田尾公路花園！」

幾個黑手夥伴一齊用很奇怪的眼光看我，有人說：「作家，你確定田尾這個地方，有人在公路上賣花，而不是種在田裡嗎？」

我當然說有，但不確定。田尾是國內花卉種植面積最大的鄉鎮，公路兩旁，鮮花織就大片錦繡的美麗景緻，我一直印象深刻，不過，我知道鮮花不宜剪下來擺在路邊叫賣，只是為了那份美麗印象，不免要小小地強詞奪理一番罷了。

同事每說出一個地點和產品，記憶便牽引我們重遊舊地，譬如黑珍珠，就是共同記憶。我們這群黑手夥伴曾經在牡丹水庫一起工作，施工三年期間，屏鵝公路也不知跑過多少回！蓮霧盛產時，從枋寮到楓港這段山海之間的公路上，黑珍珠的招牌，少說上百個！總是一輛小貨車，一支遮陽傘，一個沉默招手的村夫或農婦，當我們打起方向燈，放慢車速，那一隻隻揮動的手臂，就會變得更急更快。

攤位太多，間隔太近，競爭遂激烈起來，那一整日機械式揮動招呼的手勢，總讓我興起「生活逼人」的不忍與感慨。

埔里紅甘蔗給我的感覺好多了，明潭蓄水壩興建時，我抽空一遊牛耳石雕公園，就在中潭公路旁買了一杯薑汁甘蔗。那是個凜冽的冬天，異鄉遊子一身寒涼蕭索，因一杯薑汁甘蔗捧在手中而驅逐不少。

還記得賣甘蔗的一對母女，脆亮的笑語，誠摯透明，燒烤甘蔗的芳甘爐火，更讓人不捨離去。當時只覺得山中子民，活得溫暖從容，路邊擺攤叫賣甘蔗，倒像在自家後院圍爐烤火般，充滿歡樂喜悅。

台南附近鄉鎮道路，最近流行桶子雞、鋼管雞和跑山雞。桶子雞以不鏽鋼桶燜烤，鋼管雞以鋼管串著炭烤，味道都只一般。跑山雞標榜正宗土雞，飼養在山坡上跑跳覓食，肉質因而結實鮮美！就在通往各風景點的路旁，等候遊客選購，現買現殺！這些不屬於農產品的公路攤販，我有點排斥，原因無他，我是農村子弟，且漸有學佛向道之心，不忍見此血腥場景罷了。

道路兩旁攤位愈來愈多，髒與亂兩字，便不可避免地傷害了代表文明進步的公路景觀！

接龍遊戲結束在黑手夥伴喊出的一種公路景觀：青紅燈下，玉蘭花。

夥伴們都曾在車流擁擠的路口，看過這些穿梭叫賣玉蘭花的小販，也許是老人，也許是小孩，神色木然，臉頰和衣服在車塵油煙裡弄得灰灰暗暗！那是生活的荒涼底色。落後與貧窮的一景，如此突兀的出現在繁華綺麗的台灣街道上，總是讓人難以接受。

海島公路奇觀，的確呈現台灣子民活潑伸展的草根風情，但漫無限制的結果，將使公路成為攤販市場，嚴重損害海島形象，包括在車陣中兜售玉蘭花的小販，政府都應該出面阻止或規範安置，還給海島人民一條條安靜和乾淨的道路。

至於風景，海島公路依山傍海，有丘陵平原、峽谷巖崖，景觀絲毫不顯單調，再說，開車的時間，最需要專心掌握方向，公路？就讓它回歸為純質的公路吧。

女人六法

她在班上有個綽號——雪女。

不全是因為她的名字最後一個字是雪，而是她在班上一貫的表情和態度。

那天，和她最貼心的死黨阿娟塞給她一張紙條：「妳是寂寞沙洲，冷！」當場她就紅了眼！倒把那個愛詩愛詞的阿娟嚇了一跳，趁著老師在黑板上寫字時，又遞過來一張小紙條：「昨晚那混蛋又打人了？劉媽媽呢？希望沒事！」

黑板上，粉筆演算方程式的字跡突然模糊，老師的手勢和聲音都變得遙遙遠遠。昨夜，她鎖住了門，橫心不理外頭父母誰死誰活！熄了燈，蒙上棉被，薄薄一扇門板還是無法阻擋客廳傳來的尖叫哭喊！

明明知道那個男人喝酒回來會打人！母親卻笨得又去招惹、去追問，去打一場明知自己會鼻青眼腫的架。花心又怎樣？喝酒嫖妓又怎樣？那個男人早就是一堆垃圾！母親幹麼一定要等門等到三更半夜，再又哭又鬧的去翻垃圾？讓她自己，也讓整個家狼狽不堪，臭不可聞！

塞住耳朵，她在又黑又臭的房間裡低低詛咒：去死吧！搶菜刀幹麼？要自殺的，要殺人的，都去做，落得乾淨。

一直等到戰爭結束，男人去睡了，女人還在劫後的客廳裡牽著長調哭罵，她才用力的打開門，冷冷地看著那個叫做母親的愚笨女人！聽完那女人擦眼淚擤鼻涕後沙沙啞啞的話：「阿雪仔，沒妳的代誌，去睏，明仔早妳擱要去上課，去睏啦。」再砰一聲摔上門。

她是冰，是雪！冷冷涼涼地躺回被窩，她發誓，她的恨永不解凍！青春若有活力和熱情，在家庭暴力的低氣壓中，早降為冰點！阿娟是唯一瞭解她的人，瞭解她為什麼會成為雪女。

《幽遊白書》這套漫畫書裡，冰川雪女的眼淚是珍珠，她才不肯為這個家庭浪費寶貴的珍珠。只有阿娟這個貼心知己讓自己還有感動！也在這一刻，她終於瞭解，為什麼小她一歲的弟弟對家人一樣冰冷無情，寧願跟朋友去飆車，三更半夜不肯回家，寧願叛逆狂妄的跟家中每個人大吼大叫！

雪女的故事，我的黑手夥伴只說個大概，我駕一葉文字輕舟，划入詭譎的冰川雪海！這個人間世，看似繁華熱鬧，卻猶有某些寒涼角落，無人聞問。

家庭暴力是其一，暴力下孤雛的淚水，有誰關心過嗎？

說故事的黑手夥伴心腸好，老早加入了慈善義工的行列，聽來一則則人間血淚史，讓他那一顆愛心變得更柔軟！他說：「已經立法通過，可以申請家庭暴力保護令，由法律介入家庭，保護受凌虐的弱者。立意很好很對，落實有困難，要突破家醜不可外揚的框架，需要極大勇氣。倒是有一本書，叫《女人六法》，電視上還由行政院特別推薦，我覺得男人也該看看這本書才對。」

從文字蘊含的哲理，去修正自己心靈方向，這點我同意極了！男女以婚姻架構一個家庭，成為國家社會的基石，這基礎的結構必須穩定，換句話說，不管男女都要明白自己的權利和義務，情理法兼顧，就不會有「雪女」這種暴力家庭下的悲情兒女。

好心腸的黑手夥伴，當然知道我同意，也知道我同意之後搖頭嘆息的原因！

最需要《女人六法》的家庭，可能就是最不肯買書、看書的家庭！只要沾染幾分書卷氣，那些夫妻又怎會變成莽夫潑婦，如此拳腳相向？

多少惡夜飆車的少年，多少翹家迷巢的少女，我倒要問一問他們的父母：別說是《女人六法》這本書，任何詩歌、散文、小說、你們多久沒去領受感動了？多久不曾翻開一本書，在文字中撥動共鳴的和絃？

如果沒有！又怎能點燃冰兒雪女心頭那盞溫熱焰苗？

檳榔與西施

挑染過的長髮，炫閃著午後燦爛陽光，眉眼紅唇細細描繪出萬種風情後，少女臉上的笑容，已然比陽光更教人眼花撩亂！

一個俏麗健美的少女，身上只穿著三點式比基尼泳裝，賣力地搖著呼拉圈。乳波臀浪，膚光緻緻，毫不吝惜的將青春正豔的身軀，任由路人的眼光讚賞或——凌遲！是路人！路上的行人，不是弄潮戲浪的遊客，這個比基尼泳裝少女也不在沙灘上！法律沒有規定泳裝穿著的時間和地點，但在車來人往的公路街道旁，如此裝扮，究竟有點怪異。

旁觀民眾卻是氣度恢弘，見怪不怪，廿一世紀開始，海島人文景觀無奇不有，這個小小的街頭脫軌風景，只算其中之一。

這就是「檳榔西施」。海島在二十世紀末一個創新的「成語」——約定俗成的語言。只要提到檳榔西施這四個字，海島居民馬上能夠在腦海裡浮現這一幕景象：道路兩旁，霓虹裝扮得美美的檳榔攤內，一個個更美更媚的清涼少女。

倒是不見得每個少女裸露的肌膚一定比衣物遮掩得多，也有純潔白淨一如天使的檳榔護士，只胸前的鈕扣少扣了幾顆，微一俯身，丘壑立見！惹得一些買檳榔的司機朋友趨之若鶩，也惹來真正的白衣天使們群起抗議。

著小禮服，扮貴婦者有，檳榔攤前擺面大鏡子，用少女一雙粉嫩大腿干擾司機行車視線者有！更等而下之的，擺個全裸的塑膠模特兒在棚架頂上，遠遠的就要吸引駕駛者的注意力，讓追撞肇事的車禍比例大幅提高！

這些都歸類為「檳榔西施」，不管爭奇鬥巧或犧牲色相招來檳榔顧客的辣妹一族，皆可稱之為檳榔西施。

我有些納悶，檳榔和西施扯得上關係嗎？翻遍典籍軼聞，沒有！西施於吳越爭戰中，協助勾踐和范蠡取得勝利後，傳聞和范蠡攜手歸隱五湖四海，從此不知所終。也有人說范蠡以治國權謀應用在商場上，輕易取得萬貫家財，而有陶朱公之譽。但我相信，范蠡經商，大約往絲帛米鹽的方向走，他可能賣檳榔嗎？就算賣，也是范蠡賣檳榔，跟西施這個浣沙美人無關吧？

而台灣檳榔攤的起源，依我觀察，當初應是農忙之餘，婦道人家在自家門口擺張桌子，切切洗洗捲葉調泥，賺取微薄手工利潤，度小月之用。只是後來買的人多，副業成了主要收入，不免擴大經營，選擇長街鬧巷掛出招牌，不僅檳榔等級分出幼齒、特幼、特別幼，連家中丫頭也挑出來較體面的，細心打扮七分姿色，逼著她開始學著賣檳榔，以分擔家計。

是這些被家中父母栓在檳榔攤上的青春少女，不甘不願的作出顰眉撫胸的委屈表情，而恰巧有個多情少年，說她「西子捧心」的模樣，教人愛憐，是他這個情人眼中如假包換的西施！這樣嗎？

也許，檳榔西施，正是那個始作俑者的少年，信口雌黃而因此傳開來的！

追根究柢，原是文人通病！我的工程夥伴習慣了荒莽天地，個性粗豪，他們才不像我這麼煩！那天我聽到有人說：「咱沒去學吃檳榔，實在失算！誰知道這個時代，吃檳榔的人，福利這呢好！」

當然是玩笑話，菸酒檳榔，既有害健康且形象不雅，不小心沾上的還怕戒不掉呢！夥伴所說的福利，指的是買檳榔時可以眼睛吃冰淇淋，嘴裡吃吃豆腐！如此心態，頗不足取，幸好，夥伴們也只是說說罷了。

記得有一個新聞報導，電視螢幕重複播放一段聳動的鏡頭！檳榔西施被車內歹徒強行拉住手臂，身體還在車外，就被拖入暗夜街道中！攝影機雖然拍下歹徒行兇的過程，卻已無法挽救該名少女慘遭強暴的噩運！

歹徒如此猖狂獸行，人神共憤！抓得著，千刀萬剮不為過！然而，檳榔西施這等劣質文化，間接撩撥歹徒兇焰，加速人心敗壞，卻也是無庸置疑。

或許，從醫學保健的角度研究檳榔，從社會學角度探討西施的存在，甚至從兩性心理和市場學來觀察西施裸露尺度與商機的互動關係，皆可洋洋灑灑下筆萬言。但我只說現象，也只盼望廿一世紀海島街道，這種太赤裸、太直接的異質風景，能夠因為寶瓶世紀的人心淨化與心靈提升，而慢慢消失。

地球之血

聽說，被兇惡的大火龍關在城堡裡的公主，終日以淚洗面，等待英雄救援。超級瑪利歐兄弟決定趕赴城堡。遊戲開始。

他們穿過陰暗的叢林，炙燙的沙漠和崎嶇的山路，沿途躲閃烏龜、栗怪和可怕的食人花，並且隨時撞擊擋路的一堵堵高牆，泅進地道，鑽出水管，仔細搜尋通關密碼。

冒險的路上，瑪利歐兄弟會愈來愈強壯，然而，當他們來到城堡，最大的劫難才要開始，惡龍張開翅膀，獰笑著做個歡迎的姿勢，張口吐出巨大的火球。

遊戲，通常在這裡結束。

聽說，梁山泊的英雄好漢、女中豪傑，被官府招安後，從此收起了打家劫舍造反叛亂的勾當，閒來無事，學人下棋，在楚河漢界中作君子爭。自八級的阮小二到段位的及時雨宋江等人，棋風都暗合其個性，棋力高低與武藝深淺相當。眾家好漢陣勢擺開，要與後輩棋友一較長短。將象棋水滸傳的碟片放入。

遊戲開始。

黑旋風李逵和阮小二的攻殺，鹵莽銳氣，顧前不顧後，在起手無回的棋局中，稍有棋力的挑戰者，只要不急不躁，大抵能過關。

潘金蓮把守二級關卡，她先嬌滴滴的自我介紹：「奴家潘金蓮是也，乃武松兄長武大之妻，武大待金蓮不薄，奈何奴家愛上了風流俊俏的西門慶，悔不該偕西門慶毒殺武大郎，招來武松的報仇，小女子這回性命可不保了！不說不說，奴家下棋去也。」貌美如花、心如蛇蠍的潘金蓮下起棋來，果然陰險毒辣，稍有不慎，挑戰者會跟武大郎一樣，死得很難看！

五虎將守住段位關卡，絕對冷酷、超級犀利！從不失誤手軟。棋力稍差者，彷彿面對一座無法憾動的高山；一座無法探測的大海。在詭譎的布局攻防中你漸漸潰敗，最後，螢幕上總會跳出語帶譏嘲的三個字——你輸了！按下確定鍵，遊戲結束。

聽說，宇宙保衛戰的地球戰士還在銀河邊緣巡弋，音速小子仍舊試圖跑成一道閃電，三國志英雄列傳裡，赤壁依舊鐵索橫江，硝煙障天蔽地！上次遊戲結束後，重新開機，帝王將相在滑鼠的召喚中再度站上競技擂台，這一次，如果記憶力夠好的話，擂台上的英雄會活得更久，接受更嚴苛的考驗。

生命可以盡情揮霍，失敗可以重來，在電玩世界裡不須頓足搥胸，為自己的失誤付出代價。所以，不管少男少女、大人小孩，一有空就坐到電腦桌前，盯著變換無定的螢幕畫面而如木如石，廢寢忘食者，多了！

世紀交替時，電子股一路長紅，帶領著股市大漲狂飆，從舊世代的雨傘、拆船等王國再度冠上電腦王國的美譽。電腦入侵家庭生活，破壞休閒生態的速度非常快，如今，電腦已成為學齡前孩子唯一的童玩，學生最愛的課外活動。

二十年間隔一代，急遽變化的腳步，有些人確實跟不上！我的黑手夥伴那一代，男生玩彈珠打陀螺，女生跳格子扮家家酒，既訓練了手眼身體，也豐富了想像力，黑白電視機那時候還是有錢人的奢侈品，一場廟埕公演的布袋戲，就能讓鄉野小子興奮好一陣子。

所以，工程黑手夥伴有人說話了：「時代是進步沒錯，但有一些東西還是不要進步的好！像電腦遊戲機，只會害小孩子！什麼3D、又什麼虛擬實境，小孩子都成了大近視！

電腦這東西，利少弊多！」

我沒這麼武斷，電腦又不是只拿來打電玩。孩子太入迷我會干涉，可有時候跟電腦人工智慧下棋，連我都會著魔！甚至我也會去參與孩子的電腦軟體遊戲，且深受感動兼感觸良多。

《星海爭霸》主題，雖是對抗異形和神主兩大外星敵人，目標卻是為地球爭取能源補充，水晶礦石可以提供地球居民存活能量。《地球之血》則是當能源衰竭時，透過地底冒險尋找新能源。傳說在地底最深處，有一種儲存了大自然的閃電、火山、冰河等能量的「魔光」，鮮血般在地球核心瀲灩流動，當魔光被汲取完盡，也就是地球死亡之日！

《星海爭霸》和《地球之血》兩種遊戲，多少透露出環境日益惡化的危機意識！也許真有那麼一天，人類為了求存而成了浩瀚宇宙的星際流浪者，或者為了餵養人類物種而汲取地球之血，讓地球日趨滅絕為一顆冰冷的藍色死星。

近三百年來，人類因科技發展而對地球資源無度需索的遊戲，早已開始，雨林成沙漠，滄海變桑田，當遊戲結束，人類——將會在哪裡？

鐵谷山傳奇

南二高田寮新市段工程即將結束，這條依傍海島山脈邊緣的第二條高速公路，六線道的路面柏油已經鋪設完成，開著工程用小車走在等待驗收的大道上，或停或行，隨興縱目遠眺，當真是青山綠水，風景秀麗。

我和黑手夥伴處裡好修築邊坡的故障車輛後，已近下班時間，我說：「不急著回宿舍吧？咱跑一趟全新的高速公路，吹吹風如何？」

所謂物以類聚，我這黑手拍檔也有幾分幽人雅士氣質，平常頗喜遊山玩水，何況在高速公路上散步，並不是每個人都有這種機會。一邊驅車，一邊欣賞水塘農田、丘陵竹園，我正讚嘆台灣這塊土地果然嫵媚多嬌，黑手拍檔突然說：「我帶你去一個地方，有你愛喝的咖啡，還有，這家咖啡屋的地點更特別！很適合你去。滿意的話，晚餐由你付帳？」

由關廟走南二高，出新化接台二十線，經左鎮直達玉井，在玉井街頭三繞兩繞，夥伴竟把車子直接開上虎頭山。

標高三百公尺的山頂，視野遼闊，可以俯視整個玉井、楠西山城小鎮。登高望遠，可發思古之幽情，更何況山頂矗立一座素樸石碑，上書：抗日烈士余清芳紀念碑。台灣子民抵抗日本入侵的血淚史，算算已百年之久，也的確古得夠我倆憑弔唏噓了。

咖啡店果然特殊，東家兄弟在抗日古戰場上蓋了一間「綠的小屋」賣熱咖啡，營業時間到晚上十一點！月黑風高，林深崖險，古戰場上成仁取義的烈士英靈不遠，可不知會不會聞香下馬？想來咖啡店這對兄弟，還真有幾分膽識。

叫了兩杯醇香藍山咖啡，紀念碑前小坐，看碑文上記載余清芳一生抗日史實。這處山巔，正是余清芳集結抗日義軍，重創日軍之地。而日軍以傷亡慘重而遷怒於舊名噍吧哖的玉井地區無辜民眾，肆意燒殺擄掠，造成抗日史實上一頁悲慘的礁吧哖事件。

烈日之血化作自由之花，在二十世紀初遍開寶島，更不只余清芳這一支獨自芬芳。光緒二十一年，一紙條約將台澎金馬割讓給日本，台灣民族志士眼見絕無挽留餘地，台灣巡撫唐景崧與丘逢甲登高一呼，通令全台愛國志士組織抗日隊伍，各地相繼響應，動員抗日義軍共三百餘營，每營三百六十人，製藍地黃虎旗為國旗，原巡撫唐景崧任大總統，防務大臣劉永福為副總統，兵部主事丘逢甲為義軍統帥，布告全台，照會各國領事館，自此向日本宣戰，誓死據守「台灣民主國」。

被中原所遺棄的海外孤兒，疊石砌磚，第一次自立門戶，堅拒虎狼入侵！然而，日本帝國染指南洋資源，處心積慮以圖世界霸權，軍力與國力正當鼎盛時期，哪是海島子民短小胳臂所能阻擋？短短幾個月，日本海軍陸戰隊強行登陸淡水、打狗和安平，由海入山，逐一進佔，台灣從此淪陷外邦統治，五十年！

啜飲咖啡，和夥伴閒聊起百年往事，日暮斜陽，晚雲在玉井上空渲染大片紅霞彩光，舒緩層疊的山勢，谷間平原的村落，浸浴在慵懶柔淡夕照中，很美的景色，很淒涼的感覺！夥伴朝我舉杯，微微嘆息：「原來烈士鮮血灌溉的自由之花是曇花！令人惋惜。」

「螳臂擋車，這奮力舉臂的豪情應該要有！」我說：「人類歷史走來，一路血淚斑斑！當年豪情只剩眼前碑石供人追憶，也許人的尊嚴就是靠這一點堅持，才得以留存！」

夥伴半開玩笑說：「這是台灣人的尊嚴嗎？怎麼跟我現在看到的台灣人不大一樣？尤其是那種口口聲聲愛台灣的台灣人！」

我沒理他！繼續回顧台灣百年前抗日史，告訴他除了噍吧哖事件，玉井山區，還有一段鐵谷山傳奇。

日軍雖然強佔台灣，抗日義士誓不屈服，化明為暗，退入崇山峻嶺開荒墾地，為抗日義師留下根據地。鳳山林少貓、潮州吳萬興、嘉義黃國鎮是為代表性人物，玉井地區，則是以放廣坪的方大贛為首。

方大贛選取龜丹溪上游的放廣坪為抗日基地，向日本軍警展開游擊戰，這一座被日軍稱之為土匪窩的山谷，深潭斷崖，地勢危聳，日軍強攻數月不下，讚之為鐵谷山。

小小鐵桶江山，終究是破了！如今，龜丹溪畔，還有一座小廟，立下方大贛長生牌位，香火冷落，鐵谷山傳奇，漸漸淡入歷史煙雲中。

「在哪裡？要不要去看看，現在？」夥伴興奮地說。

「山路難行，下次吧！」我的聲音難掩蕭索。

虎頭山上，東家兄弟的咖啡小店，點燃柔和明美的廿一世紀燈光，身後的余清芳紀念碑，卻已隱入蒼茫夜色中，碑上的文字傳奇，幽黯模糊，再難辨識。

奴才哲學

男兒膝下有黃金、英雄有淚不輕彈，這兩句話在古人心中，不管販夫走卒、書生武將，只要他是男人，皆奉之為座右銘！現在呢？好像時代一改變，許多古老法則也跟著被顛覆了。

有這種感觸，是黑手夥伴看著電視，突然冒出來的一句話引來的，他說：「嘿！作家，這是什麼狀況啊？台灣人哪會動不動就跪落去？」

電視畫面上，一群舉白布條的民眾，在九二一大地震後因為房屋龜裂，不堪居住，正凝聚群眾力量，向建築商人要求賠償。前一刻，群情激憤，大聲呼喊斥責建商施工品質不佳，才會讓他們的住家一夕之間變成危樓；讓他們辛苦一輩子才買來的窩，化為烏有！

下一個鏡頭，行政官員憂國憂民，前呼後擁特地前來了解民情兼安撫民心，只見帶頭喊最大聲的民眾，突然雙膝一軟，面向官員跪下！涕泗縱橫、聲淚俱下的請求政府官員主持公道，還給他們一個沒有地震前，溫暖甜蜜的家。

這是什麼時代了？民意票選的官員哪該受此大禮？於是官員們紛紛彎腰扶起矮了一截的——他的子民！場面看起來，有點大團圓的荒謬。

受災戶的激動和悲憤，可以理解。寧肯下跪，求取一絲一毫助力，其情也叫人鼻酸！然而，我和我這些為工程打拚的黑手夥伴看法一致，跪，問題還在那兒，只有依法依理才能公平完滿解決問題。既然紛爭得靠「法、理」解決，就不必跪出一片哀戚之「情」，反倒混淆了法律和道理的公正性。

就像台灣的選舉！有些候選人攜兒帶女，跪遍大小政見發表會場，偏偏就當選了！我很不同意這種表演式的選舉策略。台灣連續劇中的男女演員，在戲裡又哭又跪，讓觀眾動之以情，搏取一些熱淚兼提高收視率，這說得過去，但選舉這種神聖理性的民主活動，也卑顏屈膝的使用演戲技巧，爭取同情票，格調未免低俗。

表演低俗技巧的候選人還能當選，只好說，沒知識又愛看戲的選民果然有一定的比例，而且這比例還不小！

不談選舉文化！一談就生氣，生氣容易老。我想說的是：這一跪，跪出來的奴才哲學。

中國傳統儒家思想，隱藏父權社會的偏激與缺失，進入廿一世紀，有些不合時宜的思想已被自然淘汰！可是我覺得有些原則仍需遵守，譬如「有淚不輕彈」和「膝下有黃金」，至少男子漢要能做到！我的血型是O型，星座是火象牡羊，剛硬好強是我個性的基調，但我看一看周遭的黑手夥伴，誰不是火爆脾性？誰不是鐵石心腸？

身處基層，須得付出勞力換三頓飽，物質與精神的欲求因此減至最低，也許，「無慾則剛」這句話，剛好可以解釋我們這些黑手夥伴看到有人下跪的鏡頭，立即嗤之以鼻的原因吧。

有一個在群眾與媒體前下跪的小故事，我們這一群黑手都知道，但從來沒人露出譏嘲的表情，因為，那時候每個人都被感動了！

故事中的主角，也是黑手。

當年伊拉克攻佔科威特時，曾經在國際間掀動軒然大波。我們公司正好承標科威特高速公路的工程，一百多位海外工作人員，就此陷入戰爭陰霾中，音訊斷絕，生死未卜，異域烽火的當時心情，可想而知！

穿越千里荒漠，才由鄰國約旦搭上營救海外人員的專機返台。這一幕下跪的鏡頭，是在自己國土上，和接機親人相擁痛哭時出現！浪子自戰場天涯歷劫歸來，朝父母屈膝一跪，跪的是父母懸念掛心，寸寸煎熬後滿頭霜雪白髮！

如今，看到別人跪得太輕易，跪得沒道理，黑手夥伴大為不平，說：「天地君親師，這五個字還跪得，到了民主時代，君這個字得先去掉！至於其他，跪得再漂亮，還是奴才姿態！」

庶民向政府高官下跪，無異開民主倒車，此風不可長！帝王世代，皇帝自謂天子，地方官吏被捧成父母官，官大一級，下官必屈膝拜見，這些封建思想餘毒，自應在民主世代被消除，才不會在國際間惹來訕笑。

至於為了選票，候選人詛天咒地，向選民下跪，突顯出候選者和選民鄙陋的一面，此等毫無風骨的行徑，我不想浪費筆墨置喙規勸，就此打住。

奴才心態不足取，但盼望海島居民都能挺直脊樑，立定腳跟，穩穩站在廿一世紀的台灣土地上。

諸神列傳

宋太祖建隆元年，福建興化府莆田縣，都巡檢林維慤的大宅院落，奴才婢女一個個笑容滿面，正殺豬宰羊，整治酒宴，宅院內瀰漫著濃濃的麻油香味。

林維慤為人敦厚，樂善好施，鄉里村民皆尊稱為林善人。所謂積善之家必有福，林妻篤信佛法，但身子孱弱，為求一子，終日在佛堂誦經念佛，曾夢見觀音大士賜下靈丹，吞服之後竟覺有孕。十月臨盆，村民齊來恭賀祝禱，但見林家屋內屋外，霞光環繞流動，眾人皆嘖嘖稱奇。

聖女出世，林善人沒能一舉得子，微微失望，但女嬰神清骨秀，眉眼分明，著實令人歡喜。只是兩個月過去了，卻從不曾聽聞女嬰啼哭，林善人遂將女嬰取名「默娘」。

林默娘嫻靜雅致，神態安祥，從小即顯不凡，八歲念私塾，能過目不忘，十歲起隨其母焚香禮佛，其意虔誠，人人傳說默娘乃觀音大士下凡所贈聖女。

十六歲時，默娘與女伴在庭前玩耍，庭前有一古井波平如鏡，女伴爭於井沿攬鏡自照，稱讚井中美人容貌秀麗。忽見古井揚波，發出轟然巨響！有一神仙執拂冉冉升起。眾女一驚而散，僅默娘鎮定如常，跪地膜拜，神仙遂贈默娘銅符一面，藉此靈符，默娘得參大道，知曉神仙法力。

默娘識透天機，常能預測颱風將至。有一次，漁民冒風出海，默娘勸之無效，默娘父母任務在身，亦隨船隊護航出海，至夜，狂風大作，天昏地暗，默娘為救眾舟回航，乃放火點燃自己居所，漁民看見岸上火光，才得以脫險歸來。不幸的是其中獨缺父母所乘漁船！據漁民所傳，其父母之船擱淺於湄州島。

默娘於是隻身划舟前往救援，以銅符破風拒浪，救出父母。然而自己所乘小舟卻沉沒了！當時天將破曉，霞光萬道，只見觀音大士立於彩雲之上伸手接引，默娘身穿絳衣，自海中慢慢升起，湄洲漁民皆伏地拜禱，敬默娘為海中之神，並立廟奉祀。

台灣四面環海，交通、生活都和海洋息息相關，較早唐山大移民時代，閩南居民移墾台灣，以竹筏舢板強渡黑水溝，葬身波濤著不知凡幾？漁民遂於船上供奉海神神像以護佑人舟平安，來到海島再起廟安置，這應是台灣海神信仰的因由。

與水有關的神靈，大禹、屈原、李冰父子等皆被奉為水仙尊王，各有寺廟奉祀，論名氣，湄洲媽祖林默娘，卻最是深入民心！幾乎和觀世音菩薩一樣地位！成為聞聲救苦、大慈大悲的聖母娘娘。

那一天，黑手夥伴偷閒翻報紙，大概看了一則神棍騙財騙色的報導，跑來問我：「喂！作家，你看台灣的歐巴桑要去拜啥米神明？才沒有拜得失身又失財的風險？啊？」我正忙著組合一部推土機引擎，隨口回答：「拜媽祖，媽祖是小姑娘得道成仙，較無歹代誌！」

同事「喔」一聲走開了，我才想到我的回答有點脫線，騙財騙色是神棍藉信仰設局，和所祭拜的神祇關係不大。午飯時間，大夥兒在修理廠邊吃邊聊，那個黑手夥伴又問：「媽祖進香，電視上鬧熱滾滾，你知影媽祖的故事？講來增加知識，好不好？」

我簡略的說著媽祖得道的故事，供他們下飯。黑手夥伴術業專攻，只知精研機械大小故障排除方法，對於信仰神祇一知半解，不算稀奇，果然有人又問：「千里眼、順風耳呢？媽祖有收到這兩隻妖怪，對不對？」

桃花山妖精逼婚，只是媽祖眾多傳說之一，還牽扯上封神榜這部小說裡的高明、高覺兩兄弟。虛構的小說人物，被渲染成神仙來祭拜，在台灣已司空見慣！有了千里眼和順風耳，蒼生黎民遭逢困厄，默念遙呼媽祖之名，媽祖即能盡快察覺而前往消災解困，神話傳說牽鑿附會，既擴充了神靈的法力，也滿足了信徒的心理需求。

信則有，不信則無。玄學詭秘難解，我沒意見。

我比較擔心信仰氾濫所衍生的社會問題。台灣泛靈信仰的對象類別和數目，幾乎都能拿個世界第一！根據統計，全台寺廟超過八千座，這還不包括隱藏在各處公寓民宅的私壇道場，被祭祀的神鬼仙佛魔等約一千七百種，如果再加上各地兇煞邪神禽妖獸怪，超過兩千！小小海島，真箇成了諸神眾仙群集之地。盲目的宗教信仰和靈魂崇拜，因沉溺而成迷信，失身失財時有所聞，喚不醒如此愚夫愚婦，實叫人憂心如焚！

當人民為諸神立傳，渲染神威時，或許也該回頭審視自己，人，同樣頂天立地，但要行得正、坐得穩，神鬼仙佛只不過是已故的善人或惡人，又何必矮上一截？只要每個人有這樣的認知，那些假借宗教神鬼斂財騙色的神棍之流，才無所施其技吧？

我如是想。

慈悲諾亞方舟

當大地再度陸沉，誰能建造第二艘諾亞方舟，讓呼號奔逃的子民，遠離滅絕深淵？

那一個夜晚，凌晨一點四十七分，他在台北松山東星大樓住家裡，被噩夢驚醒。很尋常的噩夢，他行走於夢底荒原，星垂四野，微弱曖昧的月色，讓他的恐懼逐漸成形，突然，身旁的荊棘叢裡竄出一條巨蟒，蟒身閃動墨夜寒光，鮮血般的紅信吞吐著！他嚇壞了，開始沒命的奔跑，卻一腳踩空！

蜷曲了手腳，抽緊了心臟，他驚叫著醒來，竟發現整個身子還在下沉！他抱住棉被，和床鋪書桌櫥櫃以及支撐大樓的樑柱牆壁一齊傾斜，然後耳邊驚雷般一聲巨響，讓他再次跌入夢境。

是一場醒不過來的噩夢！嗆鼻的煙塵中他眼前一片漆黑，大樓傾斜擠壓，牆壁家具以扭曲碎裂的姿態，怪異的遮住所有的光線！他只能在桌椅和冰箱撐出的空隙裡爬行如獸，並且拚命挖掘碎磚泥塊，只盼望能夠尋來隔壁房間裡，生死未卜的哥哥。

他聲嘶力竭地呼喊，闇啞迴蕩在廢墟每一吋空隙間，終於有了微弱的反應！他狂喜的確定，他的哥哥，還活著。

隔牆互相加油打氣，靠著冰箱裡殘存的食物和水，苦撐漫長的六日六夜，終能奇蹟式的被救援人員發現。

孫家兄弟手足情深，攜手走出死亡蔭谷，讓無盡悲傷的九二一地震後，透出一點點喜悅！這次天譴巨禍，總共奪走兩千多條寶貴的生命，上萬民眾受輕重傷，近二十萬居民牆倒屋塌流離失所，成為千禧年前海島最大的劫難！

震央在集集附近，震源是近百公里的車籠埔斷層，南北縱向的斷層帶上橋樑斷裂、樓舍傾頹！天翻地覆的數十秒間，地表山脈隆起皺摺或龜裂塌陷，而附著於地表上渺小的人啊，一個個被埋入無情的土石瓦礫中！那一刻，福爾摩沙崩裂的傷口，將在人民的記憶中隱隱作疼許久，許久。

田寮到新市的南二高工程接近尾聲，施工重機械修理場的工作，不再急如星火。黑手夥伴提早十分鐘洗手洗臉準備下班，在等待打卡的一小段空檔裡，話題不知怎麼又扯上了大地震。孫家兄弟死裡逃生的奇蹟他們記得，在太多死亡後，極少數堅持生命的人，振奮了救難人員的鬥志，也在民眾的記憶裡刻下挑戰死亡的勇者形象。

他們不是英雄，但已向造化小兒宣示了脆弱渺小的人類的堅強與尊嚴。

黑手中，有人的思考走入冷漠荒僻的路子，這人說了：「作家，你怎麼不說那些發災難財，趁火打劫的人？外國救難隊過來救人，偏偏還有國人自己在那邊搶劫殺人！這算不算國恥？國家的恥辱？丟人啊！」

我沒理他，但有人答嘴：「一竿子打翻一船人！我說老劉，你就是那個專門拿竹竿的人。」

疾風知勁草，亂世見忠臣，唯有大環境產生鉅變時，善惡方得如此分明。地震發生當夜，南投的十軍團國軍官兵，一小時之後就已摸黑進入災區，在斷水斷電，音訊阻隔的惡劣環境下開始救人，翌日清晨，來自全國各地的善心人士不顧餘震頻頻，道路隨時崩塌的危險，自動運送民生物資進入災區。當媒體呼籲災區欠缺帳棚睡袋等任何物品，全國人民即刻毫不吝惜捐出，天災地變中，一向冷漠剛硬的海島人民，行動熱烈了，心腸柔軟了。

我記得我在收聽警廣，有人打電話說她們收集了社區的民生物資準備幫助災民，但缺少運送的卡車，馬上有幾位卡車司機自告奮勇，願意免費跑一趟災區。這樣的善行義舉，重新刷洗了我對卡車司機的印象。

海島原是南太平洋一艘艨艟巨艦，有緣修得同船渡，那段日子，海島子民真的成為同舟共濟人。

老劉提到的那種人不是人，遲早自食惡果，我懶得浪費筆墨唇舌。

台灣以地形而言，涵蓋高聳大山危崖峭壁，這些由板塊擠壓抬升的情況，本身已經凝聚了地殼變動的能量，且又地處環太平洋地震帶，類似集集震災的危機永遠存在，每個人都必須在災難來臨時刻，學習冷靜和慈悲，這正是台灣子民的宿命。

我們不該忘記葬身瓦礫中的死者，也應憐惜生者強忍骨肉乖隔的巨痛。更重要的是，台灣子民都應該明白，立足海島，我們的根莖糾結纏繞，感同身受，是生命共同體！即使山崩海裂，大地陸沉，我們必將同心協力，攜手打造一艘諾亞方舟，以善心和慈悲的力量，搖櫓划槳，強渡滔天苦海。

世紀末搶錢一族

怎麼會是自己碰上！怎麼會？

她臉色發白，一顆心簡直就要跳出胸口！只覺得渾身乏力，手腳酥軟。便利超商的燈光就在前面不遠，她好像從巨浪狂濤中脫險的小舟，疲憊而專注的迎向燈塔！幾十公尺的路程，她卻走得千辛萬苦，恍若天涯。

終於踏入商店的燈光裡，她半倚著牆上的電話機，讓溫柔穩定的燈光，安撫她戰慄驚怖的情緒。然而，右手從肘彎到手腕內側，此刻正傳來陣陣辣痛！她低頭查看回想傷勢，皮帶從肩膀滑落，勾住臂彎，然後強力快速的擦過手臂，在手腕的地方她本能的伸手拉住，皮帶卻像一條燒紅的鐵鍊，從她緊握的手掌中炙燙的溜出！好痛！

真的很痛！看著紅腫的手臂上，皮帶金屬環割過，泌著血絲的老長一道傷口，心裡真的又氣又急！

錢不多，連零錢一起算不超過三千塊，但皮包裡的身分證、信用卡、駕照存摺等一大堆證件，遺失補發的手續光想想就叫人煩死！機車搶劫，自己真碰上了！那兩個機車搶匪，摩托車沒開燈，一團黑影滑過來就搶走了肩上的皮包，記車牌！這個念頭起來時，摩托車早不見了。

她一直倚著電話機旁的牆壁，調整情緒和盤算怎麼善後，車鑰匙也在皮包裡，計程車這麼晚了誰敢坐？只好叫老公拿備份鑰匙來，向超商借個電話應該沒問題，那麼貴的手機都被搶了，她可是搶案的被害人哪！

牙齒和嘴唇終於停止打顫，她正準備走入超商，一輛黑色摩托車突然衝上騎樓，後座的搶匪跳下來進入超商。天啊！那人手裡竟然拿著一把亮晃晃的西瓜刀！她閃入騎樓的陰影裡，透過玻璃，看著那個戴口罩安全帽的搶匪在收銀櫃上大肆搜括！然後很快的回到接應的機車上，呼嘯而去。

這次，她連探頭看看機車牌照的勇氣，都沒了！

哪有可能這麼荒謬？自己才遇上機車搶案，又馬上目睹超商搶案！是自己運氣特別背，還是台灣這個地方，一到夜晚，就成了搶錢一族的世界？

現實世界，這種巧合不能說沒有，但或然率不大。也許只有小說情節才敢這麼不負責任的安排！沒錯，我是這麼安排了，但這種情況，在二十世紀末的台灣社會，大概每個人都能接受。機車和超商搶案三天兩頭就發生一件，民眾跟警察早已司空見慣，習以為常了。

銀行搶案、運鈔車劫案，這種百萬千萬的強盜案，才叫案件！無可奈何後麻木冷漠的老百姓可以這麼想，執法單位，卻萬萬不可，幾千塊萬把塊的搶案，CASE雖小，還是如假包換的強盜案！

犯下大案的罪犯，通常是在小案件中累積經驗，「細漢偷挽瓜，大漢偷牽牛」這句老祖母時代的俚語，擺到世紀末依然管用！從李師科這個退伍老兵，持槍跳進銀行櫃檯，輕易取走幾百萬之後，所有未成氣候的小賊全紅了眼！他們攀樑越牆擔驚受怕的翻箱倒櫃，所得不過幾文，這個老兵竟然一頂鴨舌帽和一副口罩，一拿就是幾百萬！不當的示範動作沒有及時糾正，沒多久，眼紅的小賊果然前仆後繼，一個個變成大盜，包括初闖社會莽林即岔入歧途的青少年，也有樣學樣的成為搶錢一族。

黑手夥伴習慣邊工作邊聊天，有憤世嫉俗的人說話了：「其他的撥一邊，我覺得媒體該負責任！虎頭蛇尾。犯罪過程報導得很大聲，告訴全世界說錢已被搶走了，抓到罪犯，判刑定讞，這些具教化功能的只佔小篇幅，甚至完全忽略！這很不妥，群眾接收負面影響，卻沒機會感受正面的警惕！」

需要配合的當然不只媒體，家庭、學校、社會，甚至國家機器所散播的黑金政治氣息，都脫不了關係！身在最基層的黑手夥伴，每每看見又一個搶案發生，隔天就有人搖頭嘆息：「咱一天到晚做工做到腳酸手軟，賺錢花錢卻是安心，哪有這款人，要吃不討賺！伊娘咧，搶來的錢甘有影卡好用？」

前些日子，還有一個烏龍搶匪，赤手空拳在銀行櫃檯拿了八萬塊錢就跑！跑去哪裡？他主動的跑進警察局投案！黑手夥伴一致同意，那個搶匪是賭氣行為，也許是他的老婆或父母這麼說：「要討錢，無啦！愛錢去銀行搶啦！」

然後他就搶了！「那麼多人搶銀行，以為我不敢嗎？」說不定搶匪轉的就是這種念頭。

原來，也有這樣的搶錢一族！世紀交替，莫非刑法不再鐵起了包公臉？還是——是非善惡的界線，久未上漆，全在貪婪人心裡，模糊了？

後記：到了廿一世紀初，新的搶錢一族叫「詐騙集團」，手機、網路是最流行的詐騙工具，比傳統的金光黨，多了一份科技感，值得一提。

輯 三

黑手流浪記

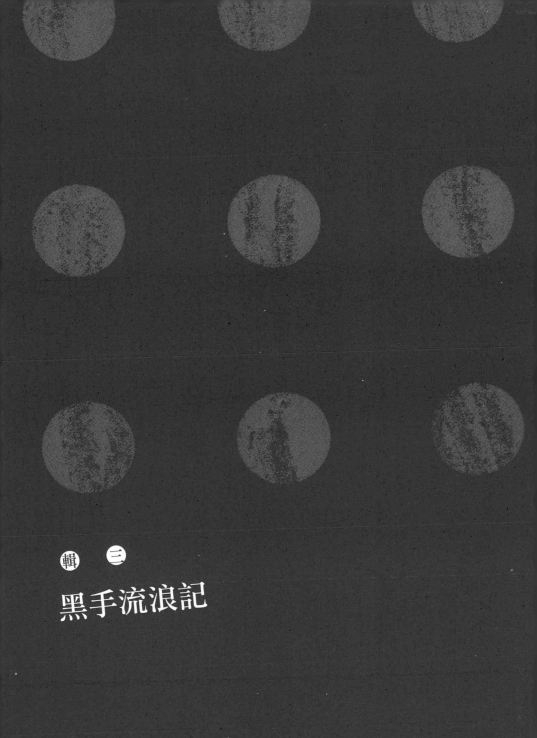

一片風帆

平疇綠野，阡陌縱橫，竹林農舍露出一角紅牆屋簷，點綴其間。

我在玉枕山麓的碧雲古寺，把嘉南平原的開闊氣象，盡納胸臆，寺內香客人潮，漸漸散去，關子嶺山區的夜晚，慢慢揭開純淨剔透的面紗。

但我還在守候！等山月提燈，自南瀛第一高峰，大凍山頂前來遍灑冰冷霜華，然後執筆紀錄嘉南平原的夜色和自己小小的浴月心情。

近來容易滿足！譬如職業，一直追隨著國家建設的腳步天涯飄泊的工程黑手，因為流浪性質的生活型態，讓我有機會真實貼近他鄉人文山水，領略其風華。雖然，我仍需付出一些代價——將故鄉親人的懸念，藏入夢魂深處。

若有淒涼情緒，且留待三更夢枕！碧雲古寺前登高望遠的這一刻，我只有滿心歡喜。

關子嶺，這個昔年台灣八景之一的旅遊點，位於白河鎮東側，枕頭山和大凍山環抱，最著名的水火同源和紅葉公園，就在環山道路旁，更有名列三級古蹟的火山碧雲寺和大仙寺，矗立風景區內。

名山古寺，正是牡丹綠葉，相得益彰。

迷人的白河小鎮，因有白水溪流貫全境而得名。三百年前，此處仍屬荒蕪未闢之地，只蕭壠社平埔族人循溪溯游而入，墾荒者和商販慢慢聚集，成為一處山產和農產的集散地，往來行客貨物，皆以竹筏運載。清朝道光十二年，張丙作亂，清派兵平定盜賊之後，稱此地為「大排竹」，日治時期改為白河庄，直到光復後，始定名白河鎮。

白河鎮以「蓮鄉」聞名全國，提到白河，即令人想到蓮花、蓮子、藕粉。每年七月份，舉辦蓮花節及蓮子大餐，外縣市慕名而來的遊客，當真是絡繹於途，是國內產業文化推廣，一個極為成功的例證。

因為第二條高速公路，一路由官田六甲往北延伸，我落足於東山白河段工程，有兩年左右的時間，與蓮鄉白河朝夕相處，見聞審思，將之整理紀錄，當有別於一般遊客的角度，亦可為自己流浪世途，銘刻一段帶著蓮香的美麗痕跡。

與白河毗鄰的東山鄉，除了哈密瓜之外，最鼎鼎大名的則是東山鴨頭，全省任何夜市都可見到這塊金字招牌！我去過藍家東山鴨頭那間三十年老店，才知道這招牌果然魅力四射！排隊購買的隊伍，迤邐到街外！不耐煩排隊，我只好折返。

美食之慾，不能引我耗時等待，這是我一直不會太胖的原因。倒是東山鄉所屬吉貝部落的平埔夜祭和哮海祭儀，我一定會去一瞧究竟！去體驗西拉雅平埔族人移民開台的艱苦，以及平埔遺族慎終追遠的孝思表現。

一輪明月，終於自大凍山頂露出臉來。平緩枕頭山首先承接如水月華，枕面上的群樹恰似鋪上一層冷玉般的月光，難怪詩人們把枕頭山美化成玉枕山！回頭再看看嘉南平原，月光照亮霧紗，朦朧了田園阡陌的景致，只有竹林農舍的燈光，飄浮在如水霧影之上，像極了一盞盞漁火。

誰不是人世大海上，浮浮沉沉的一盞漁火、一片風帆？

嘉南平原上，燈火千盞萬盞，每盞燈下，或者有一個生命與波濤險阻抗衡的小故事。其中一盞未亮！應是我伏案疾書的窗口，正等著我回去親手點燃。

月華漸滿，山風微帶寒悚，我驅車下山，卻覺心頭一片暖意。

快樂的黑手

今天，南二高施工所的修理廠夥伴，算是度過了最長的一日！

「兵荒馬亂，烽火連天！」有個挺誇張的黑手師傅，甚至咬文嚼字的這麼形容。

一早上工，主管工程師就守在修理廠工具室門口，十萬火急的分派工作。昨兒夜班土方進料，負責推平夯實的重型機械，卻彷彿得了「機瘟」！連著幾部故障拋錨在施工現場！徹夜載土的外租大卡車車隊可不管這些，繼續倒料，那些故障機械陷身土石堆中，就快沒頂了！

把重型機械修好，它們自會闢出一條康莊大道！這是主管工程師的如意算盤。至於如何搶修，責任當然就在咱這些術業有專攻的黑手技師。

包括高壓液壓油管破裂、散熱水泵葉片磨損、履帶接合螺絲崩斷等等，一天下來，故障全數排除沒錯，可眾家黑手師傅不只黑了手，腰腿肩背全軟了。

下班前，洗淨手臉，大夥兒在工具室裡休息片刻。就這片刻休息時間，我聽到至少三個人各自吐口大氣！有些疲憊後的滿足，也隱約藏了些辛酸味，最心直口快的那人說：「工字不出頭，我看咱這世人，歹命到底啦！」有人意見相左，看法說詞故意不同，這是黑手抬槓的本色，另一個人揉著痠疼的脖頸說：「出力流汗賺來的三頓飯，有較香！咱算啥米歹命？沒偷沒搶沒A錢，吃會落，睏會入眠，咱是快樂的黑手。」

這是值得肯定的生命態度，可活得心安理得，卻家財萬貫，一輩子員外命的也有。果然，又一個夥伴問了：「你兒子不是今年考大學嗎？學費那麼貴！別考了，帶進來公司學你的修理技術，你功夫不會失傳，所謂子承父業，薪火相傳。意下如何？」

「不可能！沒想過這種代誌。」快樂的黑手脫口回答後，想了想又說：「你說的好像是古代的事吧？現在的年輕人，沒幾個肯入黑手行業了。」

「所以，這是引進外勞的原因。」插嘴的黑手夥伴，語氣斬釘截鐵：「愈是基層的工作人員，愈不被台灣的社會價值肯定！我們的下一代，大概寧願在餐廳，服裝整齊的端盤子，或者在特種行業裡當少爺，也不肯沾惹咱這類一身狼狽的黑手行業，可以確定！」

我總是微笑旁聽的時候多！這次夥伴們沒問我的看法，但我會自己想，自己反省。

我也很確定，不願意兒子走入我的黑手世界，雖然我內燃機的技術經驗，在黑手群中已算拔尖人物。因為公司經營型態的改變，沒有新進人員傳承我的技術，我隱隱約約的遺憾，只能自己消化。兒子在擠入大學之後，將有他自己的路要走，我的黑手技術和他鍾情電腦資訊管理，方向不同，我也從來不曾有過「子承父業」的念頭。

而我想到的是，黑手行業確實身處基層，不被社會重視仍是常態，黑手師傅們不願孩子重蹈覆轍，並非真的否定此一行業，而是希望他的孩子更上層樓罷了。

黑手夥伴說過怨過也就放開了！他們正準備下班，臉上綻放出笑容。很累，但也很充實的一天終究過去了，明天，他們仍會高高興興的出門上班。

我安排幾個泰國工人加班，整理清洗今天拆修的零件，他們笑嘻嘻的朝我道謝，賺加班費他們最喜歡了。也許，下一代的快樂黑手，台灣的年輕人沒份，而是這些從國外引進的外籍兵團吧！我想。

英雄無名

昨夜一陣急雨，今晨醒來上工，南二高東山白河段的高填土路面，濕度恰恰好，重機械和卡車走過，當真是點塵不驚。

工程施工，平常時候免不了塵土飛揚，需要水車隨時支援，灑水的卡車司機，那個叫阿龍的泰工今兒笑嘻嘻的朝領班說：「澎沒咪安，里漫！」（我沒工作，真好！）

我聽到現場領班指派他另外一份工作，到山頂取土區駕駛刮路機，整修施工便道。泰國勞工只要一上班，就是賺走一天我們的新台幣，豈能讓他們閒著！

雨後的白河山區，山青水綠，白雲朵朵，清晨的微風，拂面清涼。我帶著另一個泰工，對付一部故障要賴的開山機！我預計，花不了兩個小時，故障排除ＯＫ，這部開山機就能快快樂樂出門上班了。

好天氣，好心情，感覺今天的工作，應該一切順利。

一個小時之後，我才發現，「感覺」這種東西，並不是那麼講道理！

取土區傳來消息，刮路機翻車！差點掉入近四十公尺的斷崖！先問人，阿龍怎麼樣了？因為車子突然故障熄火，靠著液壓泵傳輸的動力失靈，機械在陡坡上往下衝的一剎那，阿龍及時跳車，只扭了脖子，這會兒他轉頭看人時，得連身子一起轉！

至於機械，雖屬次要，但卡在懸崖邊緣的枯樹土壟上，前頭兩輪已懸空！隨時有滑落深谷之虞，必須盡快搶修，等恢復動力之後，才能脫險！最怕老天爺此時鬧場，只要山中一陣大雨，枯木土石一滑動，價值幾百萬的一部重型機械，就得葬身山谷。

讓機械恢復動力，恰巧是我這黑手的責任！放下手邊工作和閒適心情，帶著泰工夥伴，鳴金擊鼓殺上心頭。只要故障排除的動作，趕在雲驛雨箭落下之前，我還能替公司搶回來這幾百萬。

打一場勝仗的感覺真好！救援成功的回程上，我特地在檳榔攤前停車，向西施買一包香菸和一罐飲料，犒賞與我並肩作戰的泰國黑手搭檔。

下午，把修到一半的開山機送出門後，就沒事了。雨，開始疏疏落落的下了起來，心情有點潮濕，有點泥濘。

有一小半原因，是泰工阿龍那張蒼白的臉所引起！他向我說明翻車前機械故障的情況，也順便提到當時命懸一絲的驚懼！只要往下跳的角度不對，可能逃不過飛快奔騰的巨大輪胎！出國賺錢，如果一條命給丟在國外，他不知道他的父母，他新婚的妻子和年幼的兒子以後該怎麼辦！他打算時間一到就回泰國，就算日子過得辛苦點，也沒關係。

另外一大半原因，則是國內工業安全法則的實施未臻完善，致使工安事故頻傳，傷殘或死亡者，都屬基層勞工，難以引起新聞媒體的注意，也因此，從未受到政府妥善的照顧。

英雄無名！這些身在基層的英雄確實籍籍無名。我看過身邊太多的夥伴，或傷或殘或死，黯然退出工作行列！他們的遺憾，一直藏在我的心底。

偶一觸及，總叫我心緒幾分蕭索。

拾荒者

從屏東九如到台南新化的南部第二高速公路，已經通車，這一條六線道的公路，蜿蜒穿越中央山脈西面山麓，幾座長橋隧道，增添行車時過眼山水的秀麗。

四年前，此路線卻是鴻濛未闢！我自牡丹水庫調來南二高工地，僅見一條施工便道，黃龍般橫臥丘陵谷地。南瀛邊緣的關廟地區，處處是鳳梨果園和竹林，我常常在工作餘暇，徜徉於竹林果園間，採擷應時野菜。

山苦瓜、龍葵、山茼苣，滿山遍野，是我愛採多少就有多少的清鮮野味。

和我一樣，漫遊在施工現場附近，還有幾個拾荒者——撿拾破爛的老人。

每一次道途相逢，我拄杖獨行的閒適瀟灑，總會揉入些許生活逼人的辛酸味！看著他們瘦小的身子，彎腰低頭在垃圾堆或工程廢棄物間的姿態，令人不忍！他們撿拾的鋁罐、紙箱、破銅爛鐵，往往把手推車塞得滿滿的！

生命已然落入末路窮途，生活卻如此難以負荷！

土方施工的重型機械愈來愈多，重機修理廠成立之後，我和幾個黑手夥伴，除了忙著整修機械，還開始學著撿拾破爛！我這些黑手夥伴，也看見了那幾個拾荒者。

我們把廢料分門別類，等著那些拾荒老人在工地宿舍門口出現時，喊他進來，幫忙搬上摩托車或手推車，然後婉拒他們快樂而真誠的一聲聲「多謝」！

黑手的善意，只維持兩年，情況終於逆轉。

重機械在趕工階段，有時候因為突發故障，必須就地拆修，拆下來的故障零件送修或待料，其周邊附屬的鈑件則暫時放在重機車體上。

而那些附屬的鐵皮鋼網等，卻在待料期間給偷了！

那些只能當廢鐵賣的鈑件，也只有撿破銅爛鐵的拾荒老人才會拿走，他們按重量賣不到一千塊錢的鈑件，基於安全考量，我們必須裝設，而向原廠訂購，竟然高達十萬元以上！拾荒老人貪圖小利，黑手修理廠憑白損失大量修理費，工地主管打過官腔，從此下令：拾荒者一列入拒絕往來戶。

每當老人來到工地現場，守衛泰工大聲斥責驅趕，而老人望著原來可以撿拾的破爛，那不捨和乞求的眼神、黯然離去的背影，總讓人難過許久。

黑手夥伴說：「盜亦有道！誰叫他們偷東西！難道年紀一大，就可以知法犯法嗎？」另個夥伴接口說：「我跟他們聊了，三個老人就拖三輪車的會拿人家東西，另外兩人也是受害者，和我們一樣。」

又一個多嘴的插話進來：「各行各業，總有那麼一兩顆老鼠屎，壞了一鍋粥！不過呢？咱們的主管也算是一竹竿打翻一船人，幸好他是小主管，不是大法官。」

黑手夥伴很快的把話鋒轉向管理階層，評論他們領導統御的優缺點。我知道最後的結論還是那句話：「還好啦！不滿意，但能接受。」

我眼前仍浮動著拾荒老人淒苦的面容。是兒孫不孝？還是自己一生運途坎坷？落得老來拾荒為生，所謂安享晚年，竟是他們午夜夢迴時，難以企及的夢境嗎？

歲月荒涼，人間無味！我終於忍不住找了個下班時間，和老人們聊天，才知道，也許我想岔了！他們並不怕晚景淒涼，也不覺得和破爛為伍有啥難過！他們只是簡單告訴我：

「趁著還能動，就動。活動活動嘛！活著不動，這條老命大概就要被收回去了。」

汗濕的短衫，朗朗的笑聲，他們說：「比起要吃不討賺的少年兄，阮這款老吔，袂輸人啦！」

我點頭說是！夕陽餘暉，正暖暖地照亮那一張年輪深烙的笑臉。

至於那個拖三輪車的拾荒者，我會再找他聊，我想，我大概不再提鈑件失竊的事了。

浪人之夜

清晨五點半，我和陽光一起醒來。

調到新工地的這幾日，我幾乎天天被早早叫起床！一大群麻雀、一大群白頭翁，比我更早起！大清早就在我窗口聒噪，偶爾也會有幾隻灰色斑鳩，加入把我吵醒的隊伍中。牠們總要等我開了窗戶，確定我不再賴床，才一哄而散！

還不到六點，空氣中仍飄浮著淡淡薄霧。工地宿舍坐落於白河到關子嶺間的山路旁，抬頭可見玉枕山麓的巍峨古寺——火山碧雲寺，再遠些，則是台南第一高峰，大凍山！還在雲霧遮掩間。

刷牙洗臉後，我取出跑車鑰匙，開車出門，待會兒八點還要上工，短短兩個小時，不夠我入山尋幽訪勝，方向盤轉個圈，我只想去白河小鎮那一大片蓮花田裡，欣賞晨霧中的蓮塘景色。

與花中君子耳鬢廝磨片刻，急忙又趕回來，揉著惺忪睡眼的黑手夥伴們，瞧了瞧我，說：「作家，你是半暝出去偷掠雞呢？看你一身軀露水。」

我笑著回答：「麻將打到幾點？有贏沒？中午買一隻桶仔雞加菜？」

「免想！桶仔雞？」黑手夥伴一臉疼痛的樣子：「昨暝給人割一塊肉去了！好大一塊！」

異鄉的工地宿舍裡，飄泊浪子們各自尋來消遣休閒方式，我算比較正經、比較正面！訪山問水，深刻貼入他鄉風景，然後在每一個夜晚，點燃一盞孤燈，執筆作鋤，墾文學阡陌的荒。黑手夥伴沒有晨間休閒活動，只因為他們的夜晚，比我喧囂世塵，酒味、粉味，和幾圈麻將之後，清晨時分，個個好夢方酣。

麻雀、白頭翁、斑鳩，誰也叫不醒他們。

我學會了寬容看待他們偶爾的放縱！白天，我和他們並肩為南部第二條高速公路打拚，塵土飛揚中個個汗流滿面，夜晚，是疲憊之後的放鬆，應該！只是少了妻兒子女監管，他們放得太鬆了點。

工程黑手夥伴會這麼回答我：「不會太鬆吧？薪水照樣拿回家，你以為每個人都能跟你一樣，寫寫字就能換零用錢！打麻將賺點零用錢，可也挺花腦筋的，你知道嗎？」

我當然知道，知道他們愛說笑！我更知道的是他們的確懂得節制，小輸小贏，淺酌輕唱而已。

基層的普羅大眾，一般性的消遣休閒，這就是我的夥伴們的每一個浪人之夜。

無數個夜晚，我習慣關入房裡，耳裡聽著令人安心的麻將聲和喝酒划拳聲，照樣展卷讀書。夥伴有時候會忍不住關心我是不是太孤獨，敲敲房間，送進來一盤小菜，我含笑接受好意和盛情，然後隨手將黑手夥伴，推出門外。

絕對的寂寞，正是我自己最愛的浪人之夜。

小黑流浪記

小黑是一隻另類的流浪狗。

跟著我們這些飄泊工程人員，一起流浪的黑色土狗。比起有衣服穿，有罐頭吃，嬌生慣養的寵物狗，小黑算是上輩子沒燒好香，但和真正無家可歸的流浪狗再比較一下，牠的命運也不錯了！至少，衛生局環保局抓狗車子捕捉野狗時，小黑有我們修理廠的人罩著。七、八年來，牠陪伴著我們這群披荊斬棘的漢子，走南闖北，從落山風半島的牡丹水庫完工到南二高九如新化段通車，從不曾淪落為喪家之犬的地步。

一身純黑短毛，兩耳聳立，尾型如鐮，小黑其實是一隻漂亮的公狗。美中不足的是牠跛了右前腳，如果牠趴著睡太久，被叫起來的時候，那隻跛腳會發麻，必須三隻腳先跑一陣子，才能恢復正常。修理廠的黑手師傅們有事沒事就喊：「小黑，別再睡了！睡太久你又不能走路了。」

小黑性子好，無緣無故被打斷好夢，從不發脾氣，搖著尾巴，跳到另個不礙事的角落繼續睡。有些思考方向走岔了的黑手夥伴會說：「你有夠好命！免做工就有吃有睏，人啊！不值一隻狗！」

天生萬物，宿命既定的姿態迥異，當一條狗好？還是當一個人好？這種高層次的哲學問題，黑手夥伴誰也沒認真思考過，我當然也不去花這個腦筋。不過，我和小黑淵源極深，可以為牠立傳。

小黑從恆春半島到官田，流浪旅程超過兩百公里，台灣土狗同樣資歷者，不算多吧？當牠只是一隻小小狗時，就被人拋棄在牡丹水庫的施工現場，四處追逐在施工人員腳跟後面，乞求收留！是我一時心軟，把牠帶回修理廠，給了牠一個遮風蔽雨的屋簷，並且到廚房餿水桶裡，挑出一些碎肉餵牠。剛開始，牠只認我，別個黑手夥伴喊牠，牠會一溜煙鑽進廢鐵堆的縫隙中！那隻腿，就是叫塌落的鐵塊給壓斷的。

我拿兩塊木板，固定牠骨折的右前腳，再拿條繩子，把牠栓在修理廠後頭的樹底下，我還記得牠那持續的哭嚎喊痛聲，讓修理廠黑手夥伴臉上剛硬的線條，全軟了下來。

療傷期間，用不著我替牠準備飯菜，牠樹底下的小盆子，常常有一整隻的雞腿！等牠毛色發亮，胖成一個小球，腳也好了，開始跟著我的摩托車，在修理廠和工地宿舍間來回跑。每個夜晚，我的摩托車是牠的床鋪，牠則是我摩托車的免付費守衛。

這讓我的歉疚感更重了！牠那跑起來微跛的前腳，該怪我跌打損傷的接骨技術不到家，才讓牠成為殘障狗。

牡丹水庫近四年的施工期進入尾聲，我提早來到南二高的施工所。三個月後，黑手夥伴和小黑一起過來新工地，闊別三個月，小黑瘦了很多，也顯得精神萎靡！夥伴們把還在暈車的小黑抱出後行李箱，我趨前喊牠一聲，牠馬上不暈車了！又叫又跳的繞著我的摩托車轉圈圈。

誰說畜牲無知？牠可是清清楚楚記得我。

關廟工地轉眼間四年又過了。南二高九如新化段通車後，公司的重心往北移動，這次我留在關廟最後離開，小黑和大夥兒先搬到官田，繼續守衛在官田工地的修理廠。偶爾我去一趟，牠聽到我的聲音，還是會從某個陰涼的角落跑出來，跛著牠那發麻的前腳，朝我搖尾繞圈。

黑手夥伴總是這麼說：「小黑又擱去看到親人啦！」

我呢？當然會把半路停車買來的炸雞腿，塞住牠那挺響亮挺吵人的千言萬語。

根據行政院農委會估計，台灣流浪狗大約六十萬隻，打算四年內將利用包括結紮等各種方式，減至二十五萬隻！超過兩百萬隻的家犬，也預定植入晶片，確定寵物身分，以免遭到捕捉。

在命運極好與極壞之間，小黑這隻另類流浪狗，我真心盼望牠能無災無病，平平安安的直到夥伴們改口叫牠一聲：老黑。

也許，我只是想藉著小黑一生，印證咱們這群莽悍黑手，心中永遠的柔情罷了。

水問

關於水資源，這個嚴肅的話題，是這麼引起的。

公司把一部羊腳滾壓機具，租給整治阿公店水庫的承包商，租約的內容包括負責機具的保養與維修。官田這個南二高的工地，距離燕巢有點遠，每當承包商工頭一通電話過來，口氣總是十萬火急！就算只是小故障，略懂黑手技術就能排除，但他們不敢！太外行的操作員只懂得電話叫魂似的，催！

跑一趟遠路，把機械小毛病治癒的黑手夥伴回來有話說：「我看阿公店水庫已叫泥沙給填成沼澤了！哪還有整治的理由，這簡直浪費納稅人的錢哪！」

這個主觀強烈說話從不打算草稿的夥伴才說完，有人馬上反應：「你知道岡山嘉興里每逢大雨一定淹水嗎？你以為電視、冰箱搬上去二樓三樓不累嗎？阿公店不整治，無法有效紓解洪水，水患永遠沒有解決的一天，你知道嗎？」

「我知道，我當然知道！」先前說話的黑手瞪著白眼回答：「不管是水庫或是攔砂壩，都有壽命的問題，我的意思是為什麼不回歸大自然呢？任何人為的因素，大概都會破壞平衡，嘉興里的人搬家嘛，讓一條水路出來嘛！就算國家全額補助，算一算也比清除阿公店百年淤積的工程來得便宜！」

「搬家問題更大，孩子的教育、老人的安養、職業生計等等，人又不是一棵樹，說搬就搬！人在熟悉的土地上生根，這根比一棵樹要深得多，複雜得多，難哪！」

這兩個人，一個自環境生態保護出發，另一個以人本定位，焦點無法集中，當然難尋共識！幸好，這只是黑手閒話家常的狀況，除非有人加入，成了一場小型辯論會，他們才會因為面子問題，爭論出來一個結果。

一位家住美濃的客家人黑手，就在這時候，加入龍門陣：「我不同意建水庫！誓死反對！人太自私，為了自己取水方便，把溪流截斷，違反大自然的法則，受報應的總是後代子孫。」

「人類和自然，已經沒辦法和平共處！」又一個插話進來：「關於美濃水庫建或不建，我上網瀏覽過資料，我覺得，利用先進科技，如地下水庫或河川埤塘儲水的作法，盡量減少環境生態的破壞，其實還是可以考慮的。」

我在一旁聽著黑手夥伴議論紛紛，偏偏有人把我拉入龍門陣：「作家，你做過幾座水庫，你的看法呢？」

我在南投水里的明潭抽蓄水庫和恆春半島的牡丹水庫，曾經全程參與施工。只濁水溪的一條小支流，水里溪上就有三座水力發電水庫，這是台灣水資源充分利用的例子，而且有了水庫，上游集水區的山坡納入管制，反而不會因為濫墾而造成水土流失。

牡丹水庫則是截取四重溪的兩條支流，汝乃溪和牡丹溪的雨季水量，拿來供應半島六鄉鎮和核三廠的用水。有其利必有其弊，水庫對溪流生態的破壞不容忽視！國外有「魚道」的設置，讓魚兒能溯溪產卵，台灣的水庫則付之闕如！再者，台灣本為高山島國，河川短而急，加上山坡地已過度開發，含沙量偏高，水庫壽命相對縮短，這些都是急待解決的負面因素。

至於黑手夥伴所說的地下水庫，屬潛壩之一種，河川埤塘，則是利用河道高灘地，以人工挖掘平原水壩，形成湖泊，儲存雨洪峰的水量。若加上周邊環境美化和復育原生植物，將可重拾河川的生機和達成供水目的。這應該是目前為止，和大自然衝突最少的水資源利用。

天然河川，有它自己的生命，百萬年來，綿延循環的水系生態，卻在短短幾十年間被嚴重破壞！當環保觀念成為整個地球村的共識，台灣正應該藉由雄厚經濟力量，全力回饋海島山川，為世界樹立典範，替子孩留存美麗之島的原貌。

「說一說台灣水文環境的理想和夢想罷了。」我輕聲問問周遭夥伴：「屈原有天問，台灣一百五十一條河川，水的問題更多，我唱高調了嗎？台灣的人民和政府，做得到嗎？」

夥伴們嘆口氣，齊聲回答：「有點難！」

白髮

綿綿春雨，鬆一陣，緊一陣，泥濘了施工現場。

南二高工地進入半停工狀態，天雨路滑，卡車載重誰敢爬坡下坡？重型機械更不能動，已經夯實打平的高填土路基地面，只要排水做得好，雨一停太陽晒晒就能動工，重機械若在土方鬆軟時，貿然行動，就好像在未乾水泥上踩下大小腳印一樣，更難收拾！

現場施工人員當然不會自找麻煩！停擺的重機械，只像一塊又乖又安靜的大鐵塊，也不找人麻煩。如此這般，修理廠眾家黑手，就算偷得浮生半日閒了。

春雨落得又快又急時，黑手夥伴窩在工具室裡，一邊聽著萬馬奔騰在鐵皮屋頂的聲音，一邊放大喉嚨擺龍門陣！我低著頭在門口旁的桌上，看我的報紙副刊。

光線不是很夠，逼得我必須聚精會神的看，卻有人到了門口就站在那兒不動！遮住了微弱天光。我抬起頭，眼前是花白頭髮的老人，正仔細打量著我！看起來是一副找人的模樣。

才覺得這個老人好似在哪兒見過？黑手夥伴裡已有人出聲招呼：「嗨！吳師傅！您是吳師傅吧？退休後不是在家裡享福嗎？怎麼有空過來？」

「過來瞧瞧你們這些小伙子囉！不忙吧？下雨天難得輕鬆，一定不忙。」這個白髮蒼蒼的老頭子，可是精神抖擻，聲如洪鐘。

我確定不認識他。但他慢慢指認室內夥伴，其中三個他有印象，小劉、小張、小陳叫得親熱！然後藉著言語輕舟，慢慢划入記憶深處，我聽到這三個目前已能獨當一面的夥伴，當年在吳師傅手下學習修理技術時，許多青澀笨拙的糗事；聽到黑手老師傅曾經意氣風發的往事，更隱隱察覺這個老師傅退休後，英雄白髮的落寞心情。

「歲月如洪流，後浪推前浪！」大雨在屋頂上吵翻天，我卻在一室熱烈說重逢的氣氛中，蒼蒼涼涼的想到這句話。

老師傅沒隔多久就走了，大夥兒沉默了有一會兒，那個叫小張的首先打破僵局，用一聲長長的嘆息起頭：「哎！伊才退休幾年，哪會頭髮鬍鬚全白了？」

「退休後若沒有事情好做，人生就算結束！當然老得較快。」有人這麼回答。

我曾有過這樣的感覺！在沙烏地阿拉伯的利雅德機場，我初學內燃機修護技術。當時在師傅級人物中，有兩人在公司裡技術經驗最稱一流，所謂「南阿三，北德財。」我所跟隨的師傅，就是在台灣北區工地赫赫有名的阿財伯。我仍記得，在阿拉伯那大漠風砂中，他關起修理廠大門，把砂塵風暴阻絕於外，然後拿出一個汽油化油器，向幾個年輕的黑手遊子詳細解說高低速油道和進氣的控制調整，他只是一雙老花眼鏡透露年齡的秘密，無論聲調、行動，判斷故障的犀利，在我們眼中，真是一尾活龍。

阿財伯回國後不久就退休了，隔幾年我也從海外工地返國，我送點阿拉伯名產給他，織毯和椰棗，卻在他家屋簷底下，看見一個神情呆滯，憔悴枯瘦的中風老人，他必須倚靠輪椅，才能活動。

日暮黃昏，屋簷遮出大片陰影，告辭阿財伯的家人時，我回頭再看一眼，陰影中的阿財伯，看著他那抖抖顫顫的揮別手勢，只覺滿心淒涼。

當時年輕，歲月盡頭處的那片陰影，一轉頭就忘了，如今，漸入中年的許多黑手夥伴，已開始在閒聊時，添加一些老年生涯規劃的話題了。

返鄉種菜植果者，有！尋一間工廠或大樓當守衛者，有！就是沒人肯實踐「無事一身輕」的境界，他們怕老得快！

至於我，只希望繼續擁有一枝筆，一束稿紙，儘管會寫得老眼昏花，但盼依然滿心歡喜。

小卒子的黃昏

黃昏。

一顆紅豔豔的夕陽，直直墜落地平線。

修理廠的夥伴，各自在工具室裡，抓了一把名叫「黑手變白手」的粉狀洗潔劑，到水槽邊把黑手上的油汙洗乾淨，然後拿起掃帚，開始清理工作環境。

保養溝上，停著一輛拆修扭力桿的大卡車，小吊車下，擺著一部剛剛拆解開來的重機械引擎，修理廠能夠揮灑掃把的空間，其實不多！全讓一些零零碎碎待修的機件給佔滿了。

有人柱著掃帚柄，杵在那兒，看著一地的大小零件說：「這種狀況！我看不用掃地，明天還有一部引擎要大修，會弄得更髒！」

旁邊一個夥伴馬上快嘴回答：「你的黑手也不用洗吧？洗成白手，明天不又弄黑了？」

另一個更毒辣：「我建議咱繼續拆引擎，不用下班！反正明天還要上班。」

黑手夥伴的交談，天馬行空！從不管合不合邏輯。我在一旁露出笑臉，自顧著掃地。上了一天班，就如同繞了一整天的太陽一樣，剩下暖暖酥酥的慵倦黃昏，難得黑手夥伴還有精神在那兒鬥嘴嗑牙！

修理廠能掃的地方，已經掃乾淨，沒辦法掃的地方，看起來的確很亂！我突然想起廢五金廠或垃圾堆！尤其這一部重型裝料機的引擎，拆開來簡直就是一堆帶著油汙泥巴的廢鐵！必須等待檢修之後，買好零件，再將之還原為一部近四百匹馬力的巨獸心臟，讓裝料機恢復開心破土的力量。

我很清楚在拆裝過程中，所需耗費的體力和腦力，因為引擎大修剛好是我的責任區！尤其是水冷卻不足，因而燒毀的引擎特別難修。某些比較脆弱、承受高溫容易變形的零件，都必須詳細檢查，以經驗去判斷能不能重複使用。

花最少的零件費用，修出最完美的一部機械，這是身為黑手的共識。

當我看著地上廢鐵堆般的一堆零件，並且確信自己有能力將它重新組合成一部精密的引擎，心中竟有些許驕傲的感覺。

術業有專攻，職業應該不分貴賤，這一點點的自信和成就感，我眼前的，每一個手執掃帚的黑手夥伴，都有！這也是能夠支持他們身在基層，卻依舊過得自在快樂的原因之一。

眼睛盯著待修的引擎，我的思緒飄得有點遠，黑手夥伴們倒是誤會我太過專注，旁邊一人搥了我肩膀一拳，說：「作家，日頭落山啦！下班囉！明天再處理。」

催我下班的夥伴，明天也有工作，一部開山機，因為液壓系統出了問題，拋錨在工地，他說：「那部推土機，也不知道是控制閥或止回閥出問題？不管它，反正明天我會將毛病找出來。」

夕陽只剩西邊一抹晚霞餘暉。天色雖漸黯淡，黑手夥伴臉上的笑容，卻燦亮無比！只覺得，基層黑手的一天，安於其位，少欲無求，同樣的日昇日落，小卒子的黃昏，比諸曠世富豪的滿足與快樂，正是不遑多讓。

黑手慈濟人

工程人員另有一個悲情的名稱：陸地船員。

追逐著工程進度，踩著流浪的腳步，一鄉走過一鄉，十幾年來，每個人都已習慣如此飄泊型態。他鄉夜晚的工地宿舍裡，三杯兩盞薄酒，或者幾圈麻將，都能簡單消磨掉漫漫長夜。

今晚有點特別！昨晚的輸家喊不齊牌搭子，愛喝幾杯的也找不來酒伴，整座工地宿舍空空蕩蕩，飄泊他鄉的陸地船員們，全下山逛夜市去了。

我沒出門！絕對寂寞的環境，有助於我寫作的思考，而且，趕集型態的夜市，除了人擠人的熱烈情緒，實在也沒啥好逛。再說，我的性格中，原有幾分孤冷傾向。

兩三個小時後，夥伴們陸續回來宿舍，手上是大包小包衣物雜貨，臉上則是醺然醉意。有人買了一碗藥燉排骨放我桌上，有人丟了一包口香糖給我，說：「作家，這是殘障口香糖，有甜蜜的愛心滋味。」

夜市裡，總有一些殘障者，衣衫襤褸的乞討或賣口香糖，提醒快快樂樂逛夜市的人們，原來人間尚有辛酸悲寒的一面。

「謝了！咱孔夫子的惻隱之心，就只說你一個嗎？」我不懷好意的看著其他逛夜市的夥伴。才一包口香糖？哪夠？

果然有人反應，從大包小包裡找出來一組對筆：「接著！送給你。筆對我沒有用處！送給作家最恰當。」

看得出來一組兩枝裝的原子筆，品質相當差，我有點猶豫：「你又不寫字，幹麼買筆？」

「愛心筆哪！你沒看到盒子上的紅十字？」買筆的夥伴說：「有幾個小女生一直跟在後頭推銷愛心，說是捐給盲胞的。才兩百塊錢，買就買了。」

「很簡單的騙局，大概只有更簡單的頭腦才會成為受騙者！」有人在一旁放冷槍，潑冷水。

利用他人愛心，達到斂財目的！社會上確實存在此類問題。但我寧願相信，那些清純的女學生，為殘障者籌募基金的熱情不假，只是她們或許被更高明的幕後集團利用罷了。

包括登門拜訪，推銷愛心雜誌、報紙等等，飄泊夥伴紛紛道出曾經被騙的經驗，隨手收拾紀錄，就是厚厚一本騙術奇觀。

一直到黑手慈濟人出來說話，台灣社會的騙術奇觀才停止編排！他把經書闔上，語氣雲淡風輕：「出自慈悲喜捨的布施，就是積善功德，有沒有被騙都一樣。若是怕被騙而不做善行，正是因噎廢食，捨本逐末了！」

他一個月固定捐出一小筆錢給慈濟，虔心禮佛行善的人，就是一副溫婉祥和的模樣。白天，他是一個盡職盡責的黑手師傅，夜晚，他是誦經念佛的在家居士，在一干莽漢的工程夥伴中，他的日子過得最無煙火氣。

我看得出來，夥伴們一向對他敬而遠之！敬他是因為他確實行正道，「酒肉穿腸過」的夥伴，面對「佛在心頭坐」的黑手慈濟人，總有那麼幾分自慚形穢！刻意和他保持距離，算是怕了他勸人渡人時，那鍥而不捨的苦口婆心！

「只有布施的慈悲，卻無分辨是非的智慧，善行足以助惡！功德這筆帳，又該如何算？」我心底隱隱有這種困惑，但我沒開口，我依然肯定，如今社會，好心腸的人還是比壞心眼的騙子多得多，愛心和善行，寧可鼓勵，無須質疑。

更何況，安靜下來的宿舍，正適合我繼續讀書寫稿。

兩岸黑手說

清晨薄霧中，太陽升起，夥伴們在工地宿舍裡刷牙洗臉，準備上班。成群的斑鳩和麻雀，從白河山區的竹林飛起，爭相歸巢時，我們也跟著收工下班。飄泊黑手的日子，一點也沒有改變。

千禧年三月，總統大選揭曉，五月，阿扁新領導團隊就職，黑手夥伴身處基層，一樣感受政治版圖重新分配的詭譎，一樣談論台灣政治天空由藍而綠的變天過程。當時激情熱烈，如今雲淡風清。

只剩下海峽對岸揮舞著大棍子的陰影，大概還懸掛心頭。

下工後，在宿舍裡看完新聞報導，話題原本繞著南二高工程如何趕工，卻毫無徵兆地轉到兩岸問題！是一個黑手夥伴嘆口氣後開始：「再怎麼趕工，建設得再堅固！好像也沒辦法阻擋戰爭的破壞！那時候，咱阿扁用五個『不』，只想換取對岸一個『不』動武！現在想想，還是委屈得要命！幹麼？拳頭小的就注定被欺負嗎？」

「選票已經證明，被恐嚇還是會反彈！像你！所以阿扁雖不過半，仍然當選。」另個黑手夥伴，語氣平和柔軟：「不過，這的確是一個危機！形勢上，對岸民族主義不容分裂，甚至不惜引發戰爭的決心，也不能懷疑！我們都是中國人，血脈骨肉相連是事實，然而，政治實體五十年來分治，更是事實。這五十年來，各自發展出不同的生活型態，急統，只會讓雙方人民扞格不入，暫時保持原狀，期待雙方歧見和平解決，大概是唯一雙贏的方法。」

不同的意見一定會有：「問題是中國大陸，為聯合國五個理事國之一，咱台灣在國際上幾乎沒有活動空間，這豈不是很難過？」

「政治空間被壓縮，當然！」剛剛長篇大論的夥伴說：「但經濟、文化、藝術等等並無國界。台灣政權和平轉移的民主和經濟實力的表現，其實已經像一面鏡子，映現出來走社會主義路線的國家的缺失！柏林圍牆拆除和蘇聯解體之後，這世界上也只剩下中國和古巴兩個國家，還繼續堅持共產主義。民主自由乃是世界潮流，應該會慢慢引導他們融入這個潮流之中。那時候再談統一，才是真正的統一，而不是被侵略！台灣的領導者，必須有這個智慧，讓兩岸一起渡過這般時期。」

他頓了頓，回頭問我：「作家，你覺得呢？」

我一向不喜談論政治問題！但我在台灣這塊土地上立足，卻不能不關心台灣子民的未來。中共的武力或許能夠拿下台灣，但兩百公里的海峽天塹，和台灣發展出來的毒蠍戰略，將使得大陸沿海的精華區癱瘓！戰爭，只會讓兩岸經濟一齊倒退三十年，因而失去在國際舞台上的活動力！兄弟鬩牆，徒然貽笑於地球村民，也苦了兩岸的老百姓。

和平解決政治分歧是重點！統一或獨立，其實只是意識型態之分。台灣居民，帶著閩浙水稻成熟的膚色，我們的祖先，確實來自海峽對岸，台灣子民無需自斷中華民族的骨肉血脈，而對岸執守土地家業的長兄，也需有雅量，容許暫時出走的兄弟成家立業，以不同的風姿，相逢於國際世途，互倚互持。

當兩岸人民，如此水乳交融，此時竹籬柴扉，雞犬相聞，又有何統獨之分？

廿一世紀！人類的識見，已然可以反觀人類寄生的這個藍色星球，任何一場戰爭，在何一項毀滅性核子武器的研發，都是小小星球的人類自取滅亡罷了！環境保護、星際探索等科技觀念，其實已經慢慢形成「地球村」的概念，但盼兩岸以這樣的觀念，看待小小分歧問題，胸襟氣度，也能寬大許多，折衝之間的對立，亦可相對減少。

沒有結論！南二高白河段的工地宿舍裡，一群黑手夥伴憂國憂民的談話，沒有結論。他們笑著糗我：「作家真的想得比較遠！想到外太空去了！好辦法沒有，只有好觀念，無啥路用！」

我淺笑不答，催著他們早點休息。明天，我們仍得和陽光一起醒來，在尚未完成的施工路上，奔波終日。

輯 四

台灣歌謠風情

沮迌人的目屎

江湖兄弟刀槍來作路，
賭命過日子，
目屎啊目屎，為何流袂離？

「雷公成」前後找我三次，前兩次借光了我的財產，最後一次還我半瓶XO。

老鄰居、老同學，一直老到高中二年級，小村莊裡我倆同年次，自然就湊在一塊。功課方面的疑難雜症由我負責，學校裡愛欺負人的小太保橫眉豎目時他擋！至少，他塊頭比我大一號，而且打起架來就像一頭蠻牛。

印象最深刻的一次架，他是邊哭邊打的！對手是他那個無啥曉路用的老爸。

村裡的老人都這麼說：「這個囝仔若會去做迌迌人，攏是伊老爸逼去做的！」

確實！成仔他爸為酒為賭來打某打子的事，三五日就得演一回，厝邊隔壁拉扯勸架的人也煩了！可是，那次他老爸大概真輸急了，酒也過了量，拿不到錢就要把老婆命給拿走似的猛搥！

成仔一頓拳打腳踢，把他老爸擺成地上一隻醉貓的樣子，然後拿出他老媽死命護住的註冊費，撒了他老爸一臉的鈔票。

他失蹤兩天後才偷偷找上我，拿走我的竹錢筒。他原本打算捱到畢業後找家鐵工廠上班，再接他老媽出去住的。才高中哪，黑暗江湖上多了個拚命三郎，渾名「雷公成」。

第二次找我，剛好我當兵放榮譽假回來，他捅了更大的漏子——逃兵！連多年不見的寒暄也免了，把我存了好久想買電吉他的錢拿了就走人。

退伍不久，電吉他我買了，也在鐵工廠找了一份工作，並且就近在工廠邊租了一間小屋子，下班後洗淨黑手，撥弦彈唱歲月之歌。沒想到成仔居然摸上門來，身後還跟著一個氣質容貌都沒法挑剔的女生！接著變戲法似的，自背包裡拎出一瓶XO和幾包塑膠袋裝著的滷味。那個晚上我是醉糊塗了，只記得他倆又哭又笑，在門口又拉又扯，成仔一副兇悍的吃人模樣，後來好像他就不見了！

隔天我是嚇醒的！成仔的女朋友竟然躺在我旁邊，睜著大眼睛想心事，看到我醒過來，馬上很溫柔的對我說：「阿成昨晚去辦點事，你還是去上班，我在這裡等他回來。」

等我下班回來，連這女孩也不見了，桌上留下一份晚報。社會新聞版的角落處，用紅筆圈了一則新聞，標題寫著：「火海救孤女，單刀赴會，保鏢殺鴇母，血染長街。」

成仔他爸戒酒戒賭後蒼老沉默許多，他老媽則一直還不大清楚，無期徒刑要關多久？前些年成仔按月拿給她的錢，她還捨不得花用，成天唸著要替成仔這個獨生子趕緊娶個媳婦。

迌迌人！暗巷裡的英雄，不歸路上命懸一絲，情和義，卻是這個天涯孤子心頭永不熄滅的火！

杯底不通飼金魚

飲啦！
興到食酒免撿時，
情投意合上歡喜，
杯底不通飼金魚。

庄內，土龍仔叔最愛飲燒酒，尤其是土龍嬸沒留下一男半女就過世之後，土龍仔叔就把酒瓶當做牽手。

他最常去的地方，就是庄頭寡婦金鳳嫂的小麵攤。米酒加保力達B、一盤豬頭肉、一碗公魚丸湯，就讓他消磨掉每一個晚餐。然後，哼著這首燒酒歌，騎他那輛伊伊歪歪的腳踏車返家，經過我讀書的窗口，都會丟下一句話：「文仔，愛卡早睏咧。」

小村子裡愛喝酒的不是沒有，可是大都在家裡喝。親戚五十朋友六十相招飲一杯，查某人自會準備酒菜款待，飽了眠床一倒，帶醉蒙頭就睡，沒人會說閒話。

土龍仔叔的行為，卻是庄內閒話最多的。

都怪媒人！媒人多出來的話。作媒人的伯公妗婆，好心好意要替土龍仔叔和金鳳嫂送作堆，結果老是兩頭碰釘子，那些長輩媒人公、媒人婆不免板起臉來說一些維護善良風俗的話，要嘛就訂個名份，不然哪就別走太近遭人議論等等。

過了許多年，等著看戲的人都死了心！金鳳嫂子依舊一個人守住麵攤，對人笑頭笑面，一點都沒寡婦思春的模樣。土龍仔叔也還是當他的羅漢腳，還是每晚在麵攤喝他的酒，他那一畝五分的水田，和人家一樣按節令插秧刈稻，穩穩當當的彷佛就要這麼過一輩子。

素樸鄉居，沒有愛情？沒有浪漫嗎？

有！我知道。我和金鳳嫂伊兒子高工同班過，「旺仔」告訴我一個秘密，他初中一年級時，金鳳嫂才試探著詢問他，有意嫁給土龍叔，旺仔就跳下大圳溝差點淹死！結果是土龍仔叔救了他，並且三個人到廟內上帝公面前立下誓言，要等旺仔他當兵回來才娶金鳳嫂。他後來慢慢懂事，無人看見時都叫土龍仔叔「阿爸」！可是，他母親和土龍仔叔仍舊堅持誓言，而且，愈是漫長的等待，相互傾注的感情愈是沉深濃烈，旺仔反而不敢催他倆結婚了！

誰說沒有愛情？兩個平凡姿顏的村夫農婦，各自以可對天地神明的誠摯守靈，在歲月道途上共赴雨露風塵，以眸光相扶持，讓誓言作見證，這般清澈絕美的愛情，就在我們小村裡正發生著。

旺仔還沒退伍，他抽到的又是最長的特種兵，役期三年！知道那個秘密後，我一直有個疑問，就算無違誓約，神明認可的情況下，金鳳嫂和土龍仔叔如今還肯不肯像那俗世男女一般，睡同眠床？

寫到這兒，趕快停筆掩卷，因為我又聽到土龍仔叔腳踏車的聲音，和他那瘖啞卻歡愉的嗓子，哎！杯底，杯底這隻金魚，土龍仔叔你到底要飼多久？

打開窗戶，望眼竹林水田，夜色月色如夢如詩。

望你早歸

若是黃昏月娘要出來的時，
加添阮心內悲哀。
你要甲阮離開彼一日，
也是月要出來的時。

初月如眉，低低垂掛在東邊竹林鬱暗處。晚雲還在卸妝，從臉頰上拭落的胭脂到處亂抹，把水田秧苗和茅草土厝，全暈染上一層薄紅，老牛扛起犁耙，尋路歸來，成群的麻雀，簷角樹影裡各自窩巢，廚房土灶及時升起晚餐的煙霧，召喚著孩童的飢腸。

這是豐盈而慵倦的黃昏，是月娘將要出來的時候。

會是誰家女子？忍用這般幽咽的聲音，唱出這樣的一首歌？

鄉間小學圍牆邊，有一間木板胡亂搭建的小屋子，無燈無焰的房門終年開啓，幽深陰沉！連最皮的孩子也不敢靠近。放學時經過那兒，孩子們總會自動加快腳步，因為在那小屋子前面的木板凳上，在老芒果樹下的每一個黃昏，「金線仔」就坐那裡——一個半瘋的乞食婆。

微黃帶白的芒果花，細碎覆掩她逐年稀疏的亂髮，一襲斜襟黑衫和寬腳黑褲補過又補，不曾改變的是每當落霞滿天時，她口中吟哦的腔韻，鬱積怨恨，由生鏽的肺腑深處鼓盪磨擠而出，偶在喉際凝噎，便化做一串如泣如號的笑聲，自缺牙斷齒的口中，亢厲迸裂！

小女生被嚇哭了！小男生一面丟石頭一面緊張的逃離！隔天，學校裡最老的老師，在朝會時上台說了一個故事：夫婿被徵召到南洋當挑夫，一去無回，折翼女子耐不住歲月寒涼，終於成瘋。

多年以後，我終於懂了。那是「四腳仔」日本兵一手導演的時代悲劇裡，一個最平凡的情節而已，而「金線仔」這個更平凡的癡心女子，承受不起罷了！我也懂了，為什麼老老師說故事時，把眼鏡拿下來擦了又擦，擦了又擦。

那是一種絕望的思念，一種碎斷肝腸的等待，金線仔唱不全「望你早歸」，可是，她的一生，就是這樣的一首歌。

雨夜花

雨夜花、雨夜花，
受風雨，吹落地，
無人看見，暝日怨切，
花謝落土要如何？

這是一首煙花女子的悲歌。

旗袍裹住青春胴體，胭脂水粉細細描繪一張夜開的花樣臉龐，左邊和右邊，都有獸般通紅的眼睛惡意窺視，咻咻鼻息混合著食物和酒精的酵酲刺酸，撥掉一隻攀爬上大腿的手爪，嬌媚微笑著一口乾下整杯「紅露」，在整桌盤碟菜餚上，和一屋子轟然叫好聲中，倒過杯底。

我是豔紅，真歡喜熟識各位，先敬大家這杯，請多多指教，多多捧場！

杯緣殘留的酒汁，一顆、兩顆悄悄滴落，像偷偷滑出的淚水。

「那卡西」的小女孩，牽過來彈月琴的阿伯，叮叮咚咚的弦音裡，稚嫩的嗓子唱得無憂無愁：「雨落土，花落土，有誰人可看顧。」酩酊醉客咿咿呀呀和著唱著，藉著酒意靠過來偎過去，誰能知曉，脂粉容顏的眼角眉梢，深深深深的疲倦！

這僅僅是煙花女子的悲歌嗎？

是誰叫阮老爸長年憂頭結面？因為一刈刈的稻穀，攏要交返去會社。是誰將阮尪婿載走？放阮一對無父的子兒，是要按怎晟？又擱有誰？誰人肯收留像阮這款風塵女人？

太陽旗獵獵招展，軍刀劃破流咽的寒風，東洋鐵蹄，遍踩海島哀泣的蘆葦，而質樸受困的子民啊，男人是芒草的命運，易摧易折，女人則似急雨後墜落的花蕊，在散漫泥水裡消褪紅顏！

豔紅醉了！放肆的倒向左邊客人的腿上，嗲著聲音要「大人」疼惜！慫恿叫囂的「八格野鹿」一聲中，那個客人抱起豔紅，走到另一間榻榻米屋子，砰一聲拉上紙門。豔紅扭動著，像在宿命的懷中掙扎，或是諂媚。

領口布扣攔不住侵入的爪子，被撩高的旗袍高叉下，屈起一雙白生生的腿，把「大人」輕輕的踹個斛斗，成狗吃屎的姿勢！

豔紅吃吃的笑了起來，她是醉了！醉了！可是她還聽得見，透過棉紙窗口傳來的，那卡西的悲歌。

雨夜花、雨夜花，受風雨吹落地。

中山北路走七擺

熱情熱愛，期待早送訂。
用心計較，也是欲等兄。
無疑講話無影跡，
一去無來求親晟。

台北，印象中繁華卻疏離的都市，霓虹燈光熱烈的掛滿長街窄巷，冷漠卻是人潮中唯一的臉孔！習慣南國港都的大海陽光，我更不喜歡台北潮濕多雨的盆地季候。

當我漫步在中山北路上，感覺卻是完全不同！寬闊的中央分隔島，杜鵑花正燦爛開放，紅磚人行道上，樟樹枝清葉密，遮出一片清涼天地。走進綠蔭中，還能汲取隱微的木葉清香，藉以洗濯肺葉的車煙落塵。

不過，這只算原因之一，最重要的是一首歌，一首〈中山北路走七擺〉的老歌。老歌經由歲月沉澱，可以唱吟千迴百折的古典韻味。我在中山北路樟樹綠影裡，讓想像開啓一扇回溯既往的門，彷佛看見容顏俏麗卻神情幽怨的村姑，揉碎長辮苦等情郎的畫面。

當年，這條淡雅的林蔭大道上，曾經發生一段悲劇愛情。小家碧玉的村姑和豪富王子眉眼傳情，暗中相約，中山北路擔驚受怕的走上七回，一顆少女芳心，從此牢牢牽繫情郎身上。直到男方或女方的父母查覺，相約散步的初戀甜蜜滋味，終於無緣再嚐！

舊世代禮教無異洪水猛獸！父母有絕對的威權，以維護僵化的傳統，小兒女初長的情愛新芽，被生生折斷！令人憤慨。許多試圖打破僵局的愛情故事，悲劇收場，背後總有冥頑不靈的無知父母，從中作梗！

我生長在新舊世代交替之間，自認開通明理，是偏向新世代多一些的舊人類。我的兒孫輩，大概可以不用唱道首令人低迴不忍的情歌。

不過，這首歌，歌詞和旁白，直接指控情郎是個怯懦無用之人！被叫做「斯文人」的這個郭先生是誰？若愛情故事曾經膾炙人口，爭相傳誦，留下歌曲供後人輕吟淺唱，這故事八成屬實！依歌曲年代推算，情場脫逃的郭先生，如今應已是垂垂老矣！卻不知回想當年荒唐，年輪深烙的一張老臉，可有一絲靦腆或追悔？

對待愛情的執拗和勇氣，果然男不如女！

如果故事和歌曲憑空杜撰，姓氏有百家之多，因何偏偏捉了個郭先生出來？也許，只是作曲作詞的人，有個情敵姓郭，搶走了他的女朋友！也許，他省吃儉用，跟人合夥做生意，一個姓郭的朋友卻捲款私逃！也許，我所有的猜測都無法穿透幾十年的時光雲煙，只好讓迷霧一團長留心底。

都沒關係，只要這首歌詞意歌韻動人心弦，為人父母者聽了，不再棒打鴛鴦，少年郎聽了，永不作薄倖人，而已成眷屬的有情人聽了，從此知曉幸福，也儘夠了。

中山北路上，撫今懷古，絮絮不休，清風拂過樟樹林葉枝椏，正笑我癡狂。

安平追想曲

想起母子的運命，心肝想爹也怨爹，
別人有爹疼，阮是母親晟。
今日青春孤單影，
放阮私生兒，心情無塊講。
啊！伊是荷蘭的船醫。

延平郡王的艨艟巨艦，森然羅列在熱蘭遮城的外海上，來自風車王國的子民，開始忙亂地收拾細軟。

古堡巨炮突出城堞，吐焰昂厲呼嘯，不惜為蓬島仙鄉的主權而戰！然而鄭家久經風浪的船隊進退有據，已經直逼台江內海水道，熱蘭遮城的總督歪斜了大盤帽，褪色的紅髮在硝煙中像蓬飛絲，灰白黯淡！倉皇中下令大開城門，俯首乞降。

暗夜海戰的鏡頭剛剛結束，一對異國鴛鴦，在大時代巨變裡生生剝離的情節接續推演！荷蘭船醫甲板上逢風卓立的身影，終究投入水雲深處。

那是阿爹，二十年前棄我母子而去的阿爹。

母親的淚水，洗不清鄰里鄉親的歧視諷毒咒罵！女兒一頭金紅頭髮和高眺身材，由小到大，是母親心頭甜蜜的魔魘。若還有舊情殘夢，也教歲月疊聚的怨，逐日消磨！只有為遺腹子留作表記的金十字項鍊，還堅持它的顏色。

誰人也不能瞭解，阮是無辜的私生兒。

這一條留給女兒的金項鍊，如今鎖住了另一份愛情，為了這條項鍊，多情的郎君甘願成為一個追風逐浪的水手，坐著遠洋漁船到荷蘭為我找尋失散多年的爹親。

天倫恨海，有可能填補，母親的淚裡開始有了笑意！而我，我海濤聲裡遠去的情郎啊！我是該歡喜，還是該落淚？

心情啊，阮的心情無地講。

風吹金髮，思念情郎的女兒，宿命該給她什麼結局？海港寸寸淤積泥沙，悲歡人世持續交揉磨損，情緣愛戀終究是水上一縷輕煙！唯有安平追想的曲韻，還在時空遞嬗中，低吟淺唱。

流浪的歌聲

八月十五彼一日，
船要離開琉球港。
只有船煙白茫茫，
看無愛人來相送。

閩南語歌曲裡，陳一郎那滄桑飄泊的歌聲，曾經撼動過許多流浪的心靈。黑手夥伴偶爾在聚餐後的KTV裡歡樂高歌，〈行船人的愛〉、〈行船人的純情曲〉等此類歌曲，一直是熱門的點唱對象。

不必懷疑！我們這群追著工程跑的黑手，正是如假包換的陸地船員，資深一些的黑手，在六〇年代第一條高速公路開始動工時，就進入公司，二十幾年來，飄泊何止萬里？不過，最近每個人都承認，把浪子心聲唱得最對味的，要算阿雄！雖然他進公司還不足十年，只稱得上中生代陸地船員。

我聽他唱過！菸酒檳榔折騰過的聲音，微微嘶啞，拔高尾音或轉音時，聲息欲斷未斷！他不像真正的歌手般舒適流暢，而是一種吶喊，聲音彷彿從生鏽的胸膛擠出，再狠狠的迸出喉嚨！聽他唱歌，總會讓我想像嗚咽流水滑過亂石淺灘的情景。

浪人的憤慨、飄泊生涯的委屈無奈，阿雄他的確詮釋出來了。

我相信，對我們這些聽眾和阿雄本人而言，歌聲情味，都有幾分移情作用！他離婚，我們也都知道他離了婚，這就是移情的原因。工程人員因為長年飄泊在外，導致與家庭互動的疏離，除非夫妻雙方都有逆來順受的心理建設，否則，極容易就出問題。

阿雄和他妻子正鬧離婚的時候，黑手夥伴們曾經一個個勸過他：「你就別跟她吵嘛！認錯就行，為了孩子，就讓讓她嘛！」

「還有，別再打麻將了，這陣子你老是當魯肉腳，薪水一定沒拿回去！對不對？家裡欠多少？我們湊一湊，你先拿回去，好不好？」

「你跟思貝秀小吃部的那個珍什麼妮的，快一點劃分界線才是真的。我們知道你沒認真，但老婆是根本不容許男人逢場作戲的。」

「沒有真憑實據，就是沒有！女人有了孩子都會以家庭為重，不會亂交男朋友，你老婆說的是氣話，你自己才要檢討。」

「台灣才這麼幾百公里，距離不是問題，心玩野了，不知道回家才可怕！要不然考慮一下，先回南部修護隊，天天回家試看看，為了挽救婚姻，上級應該會同意你調動才對。」

我清楚記得，黑手同袍情深，真摯相勸的言語，也記得阿雄那既沉痛又憤慨的眼神！清官難斷家務事，何況莽直的黑手？水煎火燎的夫妻，大概也只有他們自己才知道痛處！阿雄還是離了婚，他把兩個孩子送回鄉下，交給阿公阿嬤，他戒了賭，他不再和歡場女子牽扯不清，不過，很明顯的感覺，他在宿舍裡獨自喝悶酒的次數，更多了。

邀他出去唱唱歌，算是不得已的好辦法。夥伴們盡量把麥克風塞給他，讓他盡情唱出流浪的心聲，這是我們這群朋友，唯一幫得上忙的地方。

反正阿雄酒品好，真喝醉了，不吵不鬧只愛睡覺，臨睡前可能會捶胸吐氣，說他又難過又辛苦，然後馬上會笑嘻嘻的又說人生海海，管伊去死，較早睏較有眠。

說完這句話，不用三十秒，他那如雷鼾聲，保證響起，像一列緩緩駛向歲月深處的老火車頭。

流浪之歌？其實還好，我們這群為南二高打拚的工程黑手，也只阿雄這個浪蕩子，很不小心的把它唱成悲歌罷了。

舊皮箱的流浪兒

手提著舊皮箱，隨風來飄流。
不是阮愛放蕩，有話無地講。
父母年老，要靠阮前途，
做著一個男兒，應該來打拚。

我認識很多很多的舊皮箱的流浪兒。

早在二十年前吧，桃園濱海竹圍和大園間的一大片沼澤莽地，陸續搬進來許多貨櫃，整地安置，很快成為工地宿舍區。接著重機械和土方卡車開始闢地填土，老茄苳樹倒了，土地公搬個地方供養，水塘、荒塚，一律鋪平壓實，寬闊坦蕩的機場預定地，招來漫天風沙。我幾乎認識所有離鄉背井的流浪兒，因為他們都是我的工程夥伴，正為桃園國際機場的工程打拚。

包括中山高速公路的十大建設，幾年之內迅速完工，將台灣推進開發中國家，經濟果然大幅成長，創造另一波台灣奇蹟，而我們這一批年輕猛虎般的工程流浪兒呢？

舊皮箱一拎，這回是投入海外工程！泰國、馬來西亞、沙烏地阿拉伯和科威特。前後近十年的時間，豈止離鄉背井，根本就是雲煙萬里，天涯飄泊。一直到伊拉克的海珊國王毫無徵兆的併吞科威特，引來英美等國家發動所謂沙漠風暴的武力制裁行動，正在科威特六號高速公路施工的工程夥伴千辛萬苦逃離戰區，海外工程才宣告落幕。

焚風烈日下的黃沙大漠，萬里無城廓的荒涼景象，至今未曾稍忘！每個夥伴都同意，這是我們流浪生涯中最孤寂的一段記憶。

在南部第二條高速公路關廟段的夥伴們，晚餐後在宿舍裡泡茶聊天，每個人細數曾經親身參與的工程，一個工地三年五年，國內國外、海島荒漠走過，一盞熱茶握在手中猶有餘溫，二十年飄泊歲月已然流逝。

一份工程職業牽絆，從此註定陸地船員的身分！我在一旁安靜聆聽，聽這些流浪者言語中的芳甘辛涼。他們從年輕時百里即是天涯的浪漫感傷，慢慢調整到如今千里共蟬娟的心境，這中間多出來一些些寬容無悔，一些些獷莽柔情。

我清楚察覺，他們心中懸掛著的父母、妻兒，牽出一條條，挽住了永遠飄流的帆箏，終究將浪子拉往家的方向。

有人默默離開，走入寒涼夜色中，牽扯家庭兒女的話題被迫中止！有人微微嘆息，有人添加茶葉，重新沖泡茶水，這個夥伴才離了婚，少了女人的家已不成家，流浪的日子裡他拒絕不了誘惑，家中的女人耐不住寂寞，不負責任的父母，只苦了他兩個無辜的孩子。

流浪之歌，也只這夥伴唱得荒腔走調，唱得煙塵繚繞。

我朝大夥兒舉杯，乾了好小一盞茶，夥伴們齊聲相問：「不聊啦？要回去寫稿嗎？」

「還不一定，我想先彈一會兒吉他，唱我們的歌〈舊皮箱的流浪兒〉。」放下杯子起身，我微笑回答。

捧著吉他走出室外，有風，帶著濛濛冬意！遠遠的我看見那個最早離席的夥伴，冷月寒星下，站成一片蕭索的風景。

黃昏的故鄉

叫著我這個苦命的身軀，
流浪的人無家的渡鳥，
孤單來到異鄉。
有時也會唸故鄉，
今日又擱來聽見，
喂！親像在叫我。

一口井，一圈井欄，圍成一個同心圓。
繫著長繩的水桶，翻個身，觸破井底天光雲影！水桶離開後，擴散浮盪的波紋慢慢平息，還給古井一張如鏡平滑的容顏。

洗衫的姨嬸們，聚集在這圈子裡交談，維持鄉情俚俗的傳統不墜，解決一些長短難唸的經，東家或西家的。手在洗衣板上不停的搓出泡沫，搓皺平滑的額、胭脂的頰，搓走了青春。

小孩子不理會這些，黃土夯成的晒穀場正是最好的遊戲空間。官兵和強盜，在四合院內外的每扇木門背後躲迷藏，女娃兒提著短裙，跳過泥地上一格格房子，當火烈烈的陽光燒燙身子，奔跑後的喘息逼出汗水，晒穀場角落的這口古井，能夠任意提出一桶桶冰涼井水，迎頭沖走暑氣。然後再爬上井沿外的芒果樹，搖下黃熟的果子，解飢解渴，摘完芒果，龍眼開始纍纍成串，可以剝出粒粒瑩潤的珍珠。

四合院，一口井，和熟識節令按時開花結子的果樹，是我童年最初的天堂。

誰願意離鄉背井？作一隻無家的渡鳥。誰不知道故鄉召喚的情緒最斷人腸！可是晒穀場鋪上水泥變成車庫，古厝舊磚舊瓦，碎裂掩埋入新建公寓的地基下，井填實打平之後，我只好去流浪。

童年玩伴風流雲散，天涯海角處各自安身立命，剩下皤皤父老執守鄉閭一畦水田，幾間農舍，任憑歲月凋零漸老的人事，而這一代流浪的人，攀爬不住土地，曝晒在都會煙塵霓虹的根莖，是否仍有些許剝離的痛處？

我只知道，那一雙雙讓皮鞋和襪養嬌了的腳掌，再也踏不慣清晨草尖的寒露，鋼琴酒吧裡媚柔的旋律，比起蛙鼓蟬弦更動聽，偶有鄉思愁緒鎖上眉頭，自有紅袖素手，為你斟上一杯名牌忘憂美酒。

我還知道，固執的老農依然赤足踩遍春田秋野，任那斗笠竹葉翻飛朽裂，古柑顏面，由得歲月一紋一絡雕琢深情。

然而，當土地因過度施肥而日漸貧瘠，白米的價格永遠追不上肥料和農藥的支付，灌溉的水滲入太多工業毒素，老農的兒孫對這塊曾經哺育他們的土地，終將念斷情滅！

故鄉啊，我黃昏的故鄉，日落後瀰漫的夜霧，漸漸將妳罩掩在墨色夜暗裡憔悴了臉，憂愁了面。

我該如何呼喚妳！

秋風女人心

為著妳半途情斷，
用酒解憔煩，
怨嘆女性心殘忍，
秋風女人心。

秋風如刀，裂膚刺骨。

歌詞曲目以秋風形容女人心，恰好可以說明，情海生變之後，男人心灰意冷的蕭瑟心情。

世人但說無情薄倖，總將矛頭指向男人，殊不知女人心才是海底針，不只難以捉摸，恐怕還有不少沉溺情海的多情男兒慘遭滅頂。而且，女人若是翻了臉，那一顆原本綺媚多嬌的心啊！可以如蛇如蠍，如黃蜂尾刺！秋風？女人心？算挺客氣的形容詞哩。

我不找罵挨，且言歸正傳。

這首歌，不知該不該歸入台灣民謠，它改編自日文歌曲〈涙嘆〉。描述一個女人倚窗聽雨，喝酒之後感懷身世，也讓淚如雨下，並且伴隨著聲聲嘆息。曲調旋律哀怨媚柔，典型的東洋靡靡之音。

日本大男人一向強橫霸道，舉世皆知，當然不識溫柔滋味，女人則卑顏屈膝，自甘弱者的命運，出現〈涙嘆〉這類歌曲，一點也不稀奇。日本離開強佔殖民的台灣土地後，這首歌留了下來。寫詞的人來個大逆轉，這回，輪到一個被女人拋棄的男人喝酒抱怨了。

五十年異國殖民統治，台灣子民滄桑辛酸多少？如此「修理」一首東洋歌曲，也算溫柔敦厚了。

拋開歷史悲情，其實我很喜歡這首曲子，丟一把吉他給我，我一定先從這首歌開始，自彈自唱，自得其樂。若你有時間聆聽，也許我還會一邊撥弦，一邊說故事，說一個和這首歌有關的愛情故事。

想不想聽故事？

故事中的男主角在當士官班長，揹上值星帶，全連一百多個雄壯威武的阿兵哥，隨著他的口令進退有據，絲毫不敢違抗。白天，他是不折不扣的英勇戰士，夜晚，搖身一變成了俠骨柔腸的多情男子！他可以號令一百多個戰士，卻呼喊不回來他的初戀女。

他總覺得一個小小女子，比千軍萬馬還難駕馭。

當兵前，他教初戀女吉他，她纖纖素手胡亂撥弦一點也不專心，可是卻能輕易挑動他的心弦。入伍前夕，這女孩陪他到三更半夜，送她回家，行走在水田秧苗的月光小徑上，他連手都沒勇氣牽！把吉他送給她之後，隔天就入伍了。

軍伍生涯兩年，他寫了無數封信，為求情真意切、文辭優美，他可是嘔心瀝血的寫。女孩兩年來卻連一封信都沒回，退伍返鄉，女孩還了所有的情書，附贈喜帖一張。

新郎當然不是他！不過，兩年的情意書寫，倒是把他煎熬磨練成一個作家，能夠藉由文字細說人世深情，算是另類的塞翁失馬。

故事好不好聽？

或者，請給我一杯酒，你再仔細聽我帶醉彈唱一遍秋風女人心，歌情曲味，聲聲盡是困情男子的心情，是不是？

真的，我教那女孩彈吉他時，她都說這首歌她最喜歡了！聽過千遍也不厭倦，她就是這麼說的。

後街人生

夜半的陣陣冷風，
吹入阮心內，
阮一生全無美夢，
夜開的花蕊。

相信我，我說的故事都是真的。

故事，從老趙找我講話開始。

「巷底倒數回來第三間，門口有一張藤椅，一個老歐巴桑坐在那兒瞇眼裝睡，門半掩著，門楣上有五燭光的紅色燈泡，燈若亮著，問那個老鴇，就可以找到阿秀。」連上士官長老趙，這段話至少朝我耳提面命三次以上。

才到我們這些阿兵哥叫它「後街」的小巷子，我就後悔了。不，應該說是退縮了。從沒涉足過煙花場所，要進入這條小巷子，我的勇氣的確不太夠。在巷口來來去去走了四、五遍，自己心理建設成功，才左轉昂首闊步，走上後街。

人生在世，總要面對許多第一次！有什麼好怕？何況，我只是受人之託，忠人之事，來後街完成一件任務而已。

士官長老趙臨時被調派出差兩個月，臨走時託給我一封信和五千塊錢，要我交給他後街的老相好。阿秀？私娼女子和獨身老兵的情義，該只是架構在金錢與肉慾的交換，老趙看起來精神清楚的一個人，不懂為什麼偏偏在這事兒上犯了胡塗。

後街還真長，一間間低矮破敗的老屋，曲曲折折排開，每間屋簷底下，或站或坐，總有一人守住門口，冷冷的注視著過往路人。行人不多，走到巷底，總共遇不上十個人，也許，中午十二點多，還不到最熱鬧的時候。

說起來我還算有膽識，問了歐巴桑，櫃台上交了七百元，讓阿秀把我領到小房間裡，我仍然鎮定如恆。不過，阿秀脫下身上薄紗的動作太快，讓我措手不及，我讓她穿衣服的時候，聲音竟然很沒出息的發著抖！

阿秀沒理我，瞪著又黑又深的大眼睛看著我，繼續脫她的胸罩，我忍不住撲過去制止！哪知道她身子一軟，把我抱住，兩個人一齊滾上床鋪。柔膩的女體，冶豔的脂粉臉孔，加上那壁燈的粉色光暈，我覺得我也快暈過去了！心差點跳出喉嚨！我可是第一次見識哪，誰不緊張？

朋友妻，不可戲！我可沒忘記老趙交代的任務，再怎麼說，我還是認定她是士官長的女人，果然我說出老趙的名字，她就安靜下來了，我把錢跟信交給她，坐到床尾整理被扯亂的衣服。

阿秀斜斜的靠在床頭，打開燈看信，然後掩上她敞開的衣服，眼淚慢慢滑下來。士官長寫得一手好毛筆字，我們都知道，沒想到他信也寫得好，能讓阿秀這女人看了掉眼淚。她不算年輕，但長得還算秀氣，說真的，老趙年紀是大了點，但人斯文，不顯老，配阿秀配得過。我當時想到「贖身」這兩個字，這個時代，可不知道還有沒有被賣入煙花這種苦情戲？

結果？有什麼結果？阿秀聲音沙沙啞啞的跟我道謝，我就走了。她還在小房間裡直掉淚，我又不懂該怎麼勸，老趙和她之間究竟有什麼事，信裡應該會說清楚吧！

信不信？阿秀正在看信的時候，她床頭的小收音機，正好唱著〈後街人生〉這首民謠，煙花女淪落後街，這種悲情原來很早就有了！唉，阿秀這朵夜開的花朵，一生的美夢，不知道能不能讓老趙來幫她完成。

故事就說到這兒，沒啦。續集？等老趙回來，咱再好好的逼供，讓他自個說。

秋怨

行到溪邊水流聲，引阮頭殼痛。
每日思君無心晟，怨嘆阮運命。
孤單無伴賞月影，也是為著兄。
怎樣兄會不知影，放阮作你行。

鑼鼓八音鬧熱滾滾帶頭向前走，媒人婆扶著轎槓嘩嘩的笑開臉，迎親的隊伍在河堤頂走成長列，叔伯姨嬸圍在伊的身軀邊。伊胸前彼粒紅綢花球，在日頭中央金熠熠，掀轎簾子偷偷看伊，看見伊歹勢的面色紅紅。這些，我攏擱會記住。

可是，故鄉蜿蜒的溪岸，菅芒花一夜之間白了頭，伊知麼？

蕃薯簽飯配鹼瓜菜脯，伊不曾嫌過，有情飲水也會甜，彼一日，灶邊柴堆內撿到一粒老雞母忘了的蛋，偷偷煎，偷偷煮，阿爹阿娘睡到半暝時，自衫櫥內端出來給伊，伊強強要我逗陣吃，一人一半，感情未散！伊講過的話，我攏擱會記住。

可是，故鄉的月，圓了又缺，缺了又圓，也不知多少遍，伊知麼？

伊和隔壁春生兄作夥去做軍伕，光復了後春生兄返來全家團圓，問過一遍擱一遍，攏是聽講，聽講！無一點點確實的消息。伊也不是日本兵，哪會跟人返去日本？伊最細漢的小弟娶媳婦了後，阿爹阿娘要過世的時候，他們一直對我金金看，彼款疼惜不甘的眼神，我攏擱會記住。

可是，故鄉寂寞孤單的女人，一世人等待的心肝攏無改變，伊知麼？

故鄉的溪流幽幽咽咽，在大片沙洲上慢慢蝕刻成兩行淚痕，岸邊的菅芒花搖著搖著，搖老了人臉，搖白了頭髮。

在溪埔地上種植苦瓜、小玉西瓜的鄉民，偶爾會遇上這一個守住永恆寂寞的拾荒老婦，會在她撿拾水流柴的背上簍筐，放上一兩顆瓜果。

某一年秋天，她的簍筐被發現在芒花最深處，一口廢棄的井邊。從寂靜幽深的井口，可以看見水面上浮著白色的芒花。

還有比芒花更冷更白的她的白髮。

輯五

黑手愛情觀

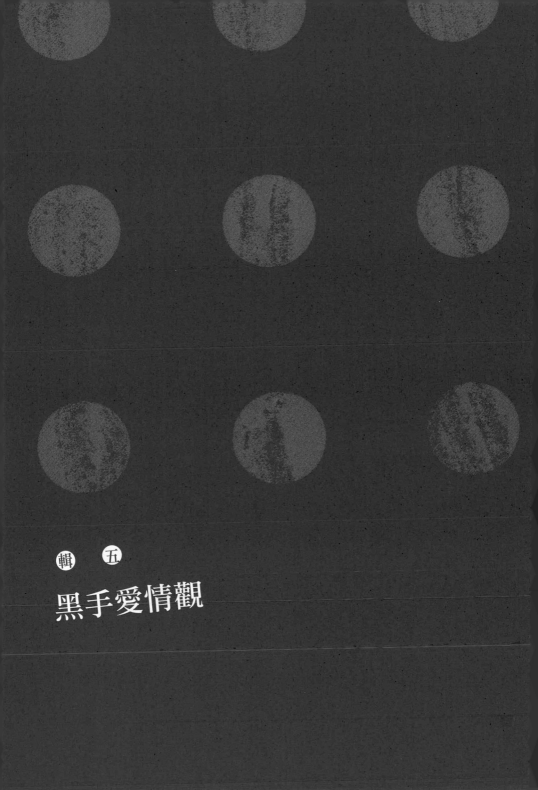

落湯雞哲學

關於愛情，人們總是說得太多。

莎士比亞形容愛情，是一枚荊刺！長在青春薔薇上，想摘花的人，難逃錐心刺骨的疼痛。又說，愛情無法向人傾吐，煩憂壓抑埋藏心底，像蓓蕾上的蛀蟲一樣，啃食緋紅絕美的花顏。

負面傾向的評價，顯示莎翁對愛情持不信任態度！然而，正面肯定並頌揚愛情的人更多，他們說愛是火，溫暖明亮；愛是水，戀人的心是輕帆一片，總在雙臂圈成的港灣停泊；愛情如膠、似漆、是泥、是沙……

世間男女，難割難捨難以控制的一個字，想來還是個「愛」字！因而愛情的譬喻，多如恆河沙數，戀愛中的男女全成了詩人，總會創造出一兩則比喻，讓自己心頭小鹿亂撞，也逗得對方笑容燦若春花。

當戀人們在愛情路上攜手走過風風雨雨，有一部分人順利走入婚姻屋簷下，成就一個溫暖家庭。至於半途情斷，投崖赴水或各自天涯者，當然也不在少數。

延續愛情的婚姻，比喻也很豐富，因為它蠻橫地霸佔一雙男女的大半輩子，讓人悲喜備嘗，感觸良多。

幸運者會讚美婚姻，把婚姻說成生命中最華麗的桃花源，可以讓人逃開有如暴秦亂世的現實世界。不幸福的人當然反對！而且形容詞用得殘忍：「陷入婚姻中的日子，就像一串黃裱紙錢，不僅粗糙無趣，還有點死氣沉沉！」

這句話，倒是和怨偶們掛在嘴邊的——「婚姻是愛情的墳墓」同樣陰森，同樣絕望！其實婚姻沒這麼恐怖。我也來試著給婚姻一個比喻——紙。可以裁一幅橫卷，繪一片嫵媚風景，夫妻倆手持彩筆，儘管去塗抹萬紫千紅。

我的比喻有典故，結婚第一年的紀念日，名稱即是「紙婚」。但一定有人眼光獨特，感覺不同，他可能只看得見那一把裁紙刀，將原本的愛與戀，寸寸凌遲！婚姻生命的扉頁，難免支離破碎。

所以，幸運捱到銀婚、金婚、鑽石婚的老夫老妻，值得鼓掌喝采。相伴姻緣道，直走到夫妻倆白髮如霜，花顏憔損，還沒叫牽手變分手，這其中一定有學問！而且是頗為深奧難懂的學問，屬哲學層次。

記得一個小小故事，也許可以拿來供大家參考。

大哲學家蘇格拉底，家有悍妻，有一天，不曉得咱大哲學家又惹了什麼禍，他家悍妻破口大罵不說，還迎頭潑他一盆洗臉水！蘇格拉底大概不怎麼敢躲，像一隻落湯雞般，他站在院子裡冷得直發抖，卻還能慢條斯理的說出一句千古名言：「雷聲響過，果然下起傾盆大雨了。」

老婆要罵人，那是和天上要打雷一樣，誰也沒辦法阻止。一盆洗臉水，就當成不及躲閃的一場雨，這就是鼎鼎大名的「落湯雞哲學」。

尋常夫妻，爭吵的理由千百種！芝麻蒜皮的小事都能吵翻天。從臭襪子隨手亂放、湯裡少放一匙鹽巴吵起，演變到最後一定是「你不再愛我了」！既然不愛對方或對方不再愛妳，那還結什麼婚？乾脆離婚算了！都要離婚了，原本可以忍受的瘡疤和底牌當然要掀開來說個清楚，氣頭上的唇槍劍舌，毫不留情廝殺！總要兩人筋疲力盡，聲嘶氣促才肯罷休。

蘇格拉底的落湯雞哲學，正是一個「忍」字！和儒家仁恕思想相通。臭襪子跟愛不愛無關，少了鹽巴的湯，淡了點，卻也可以是清鮮有味。

換衣服的大哲學家，一定不會把一盆洗臉水和離婚扯上關係吧？

根據統計資料，台灣的離婚率，已經躍居亞洲第一！每四對結婚的新人，就有一對夫妻選擇離婚！統計數字剛出爐時，曾經引起媒體爭相報導，如今事過境遷，早已無人聞問。離婚率最近有沒有降低？我不知道，但婚姻的確是一條險路！尤其是目前這個講求效率、崇尚快速的社會型態下，婚姻生活最需要的忍耐和包容，已不復存在。

攜手並行婚姻險路的夫妻們，跟偉大的哲學家學習吧！讀懂，並且去體驗落湯雞哲學，才能互倚互持，渡過危巖與惡峽，欣賞綺媚人世風景。

愛情掛號

一個攻讀碩士，學識才情俱佳的女孩，在三角戀情中，謀殺情敵，不僅失去原有的愛情，也毀了自己大好前程。

一個為了爭取愛情的少年，心神恍惚若狂，將汽油淋在情人烏黑長髮上，拿著打火機追趕情人，企圖引火焚燒。

一個為了拋棄舊愛，夥同新歡謀害親夫的婦人，將枕邊人的屍體丟在荒山野徑，兒女面對天倫慘劇，無語凝咽。

一個個自毀毀人的刑事案件，在報紙社會版上喧騰一時後復歸沉寂。罪證確鑿，自有司法制裁，將人推入地獄者，自己也必將活在地獄中。

有句老掉牙的話如此說：「這個社會，生病了。」甚至很多人提議，該下一帖「亂世重典」的藥方！法家治世，常常淪為苛政虐刑的局面，並不值得鼓勵。我一向習慣自儒家思想出發，總覺得以東方民族謙沖圓柔的屬性，仁恕兩字還是比較適合治國。

然而，西風東漸之後，原來溫柔敦厚的儒家特質，慢慢式微！顯現在愛情領域上，則呈現獨佔狹隘的行為模式。

愛情也生病了！準備談戀愛或已經染上愛情熱病的人，要預約掛號，及早治療。去哪兒掛號？也許真有人這麼問！大醫院小診所比比皆是，可來來往往的都屬生理疾病的患者，從傷風感冒到腫瘤、愛滋，分出輕重各科，愛情？應是心理層面，掛精神科門診或住院嗎？

當然不是！只有愛情熱病末期，躁鬱哀傷入侵膏肓，才需藉由精神科藥物治療，正談著戀愛的人，紙上診所即可。

有關愛情的診所很多，雜誌兩性專欄和報紙婚姻諮詢就是，甚至大醫院型的《戀愛完全手冊》等等書籍，都能提供一些藥石偏方，讓初嚐情味的男女對症下藥。

但看談論兩性關係的書籍，常常攀上暢銷書排行榜，即可知曉，愛情莽原裡，迷途羔羊還不少。

年輕人總是說，轟轟烈烈愛一場，才不枉人世一遭，因而勇往直前躍入愛情深淵！慘遭沒頂者自然佔一定比例。不過，這是較早的年輕人，一個念頭轉不過來，真可以為愛赴死！後現代的少年人比較可怕，他們同樣渴望愛情，可是得不到對方的愛，卻也不容許對方移情別戀，當他高喊「情人看刀」！這回不是自殺，是殺人！愛情因此成為一場極度危險的野蠻遊戲。

聰明的現代迷途羔羊，大都懂得不能犯錯——犯殺人的大錯！他們會去翻書，找紙上診所羅列出來的一則則急救方法，除了建立自己健康的愛情觀外，也比較能夠懂得耍一些小小心機，藉以挽救垂危的戀情。

我記得有一本類似愛情指南的書，上頭也有一篇〈愛情免費掛號〉。作者勸戀愛失敗的人，保持風度，在最後的燭光晚餐上這麼說：「如果妳和他分手，請記住，我已預約掛號！不管多久，我會一直等著妳——等妳回頭喊我的名字。」說話的口氣一定要淒涼而真誠，要有七分的祝福加三分的不捨。

就算你經歷三十次失敗的愛情，風度還是不能打折，把同樣的話說三十遍，而三十個女人不可能完全不跟男朋友鬧翻或分手，只要有一個女人想起你曾經風度翩翩的掛號過，這個女人的愛，你就能夠失而復得。

這方法，男女適用。

如此掛號，也沒什麼不好吧？至少，分手時的氣氛不會太差，剛剛提到的那些情殺案件，也不至於發生。

其實，我所說的紙上診所，泛指文字，或者說——文學。詩詞曲賦話本雜文，絕對開卷有益！一方面觀看文字說理道情，一方面潛移默化心性，所謂「腹有詩書氣自華」，氣質華美高雅的男女談起戀愛，當然不大可能和莽夫潑婦一般，情路上刀光血影，殺氣騰騰。

要談戀愛嗎？談一場有水準有氣質，終身難忘的戀愛嗎？請先從讀文學書開始。

（肯讀書的戀人們，除了保證擁有顏如玉之外，附贈黃金屋一棟。）

後記：最後一句是打廣告。文壇上許多默默耕耘的作家，為了堅持純文學創作，已然兩袖清風，瘦骨伶仃！我在晨星出版五本散文、爾雅出版一本散文、九歌出版一本小說之後，專欄想結集出版，竟然找不到出版社！答案是文學書沒有市場。

這就是讀者的責任了！怎不買書呢？答案是經濟嚴苛啊！也對，網路發達，好文章看不完，而且已經付了上網的費用，幹麼還另外花錢買書？這也有道理！

環境如此，個人事小，我實在是替出版社擔憂哪！

網路天使與魔鬼

正午，十二點，街上還是擠得不得了。

並排停車，她打開車上警示燈，等吧！路邊一整排車，總有一兩部會離開吧？不過，這條街是警廣路況報導最常提到的塞車路段，想順利找到停車位，除非生辰八字五兩重！

什麼世界嘛，真是！

她嘆了一口大氣，手指頭在方向盤上彈起鋼琴。五分鐘，十分鐘過了，約會時間當然也過了！無所謂，第一次約會，那男人要是沒這麼一點點耐性，不見也罷！回頭上網再好好罵他一頓，然後過濾掉，拒絕交談！憑她安琪兒在線上的人氣，找她聊天還得排隊呢。

第十五分鐘，聽了八百遍抱怨的喇叭聲後，她前面第七八輛車子，終於有人開了車門。她油門一踩滋一聲趕到那人的車尾旁邊，熱心的幫這個遜斃了的駕駛阿伯指揮交通，然後乾淨俐落的塞入停車格，拿起座椅上的一朵黃玫瑰，快步閃入騎樓。

約好見面的麥當勞，就在前面街口，凱蒂貓男人會在靠窗的位置等她，替她叫好大杯雪碧，並且在桌邊擺好見面禮——一隻凱蒂貓。

男人會愛凱蒂貓，連網名也叫凱蒂貓，相當另類，還好網談的感覺很ｍａｎ，可以接受。

快到麥當勞得時候，她發現好幾個人朝她手上的黃玫瑰看！一身牛仔裝，配上黃玫瑰，真的不搭調！男女第一次見面，以手上一朵玫瑰為記，也不知這男人哪來的念頭？抄襲老土極了的電影情節吧。

經過一家便利超商門口，她順手把黃玫瑰塞進報架裡，頭也不回地走入麥當勞。

她並沒有看見，那一株黃玫瑰正好壓住一則醒目的新聞標題：警方破獲網路強暴案，大學畢業男子移送法辦。

網路天使安琪兒，這次和網友在現實世界相約見面，她有沒有足夠的智慧，去察覺或提防陌生男人心中隱藏的魔鬼？

我不擔心，一點也不。因為這是我虛構的人物和劇情，我可以給她一個很浪漫、很童話的圓滿結局。我比較擔心的是網路交友的漫無限制，讓我們的少男少女，誤入圈套的機率大幅升高。

警方所逮捕的網路魔鬼，利用網站徵求電腦程式設計的女性助理，開出優渥的薪資誘引年輕少女上網應徵。就在求職少女面試的第一天，即以藥物迷姦，甚至暴力侵犯得逞！受害少女竟然高達數十人。

網路男性魔鬼，設下陷阱，為色而犯下強暴重罪！卻也有女性網路魔鬼，為財犯案，假造一張天使般的清純臉孔上網，引誘貪圖美色的男人上網攀談。

警方曾經偵訊一名姿色平庸的胖妞，因她涉嫌詐欺斂財！這名女子在網路上的文字交談，靈巧而詩情，迷惑不少才識且職業不錯的宅男，這類男人心腸軟沒警覺性又愛逞英雄，恐龍胖妹附上一張清秀婉媚的相片，加幾句軟語央求，許多科技宅男就把錢給匯了出去！見證了現代版「英雄難過美人關」的傳奇故事。

等到胖妹編了太多理由借走太多錢，也編了太多理由不肯見面，這一票英雄才慢慢察覺，可能是騙局。

網路女性騙子被以詐欺罪起訴，直接證據跟犯案工具只是一張假相片，不會太重的刑責，大概也不足以正民風。後現代的金光黨，藉由網路的私密性，詐騙的段數更高！而受騙的男人和被強暴的少女一樣，不敢報案！聰明才智被奸詐卑劣打敗，哪敢宣揚？自認倒楣的姑息心態，恰好給了此類罪惡存活的空間。

如今，我們的人民保母新添了一樣工作，就是網路警察。

網路毫無疑問將在廿一世紀，徹底改變社會生態，網路犯罪亦將伴隨而生，琳瑯滿目的網際網路，也有黑街暗巷，那些以一方螢幕藏身的魔鬼，呈現在畫面上的圖像，絕絕對對就是一張天使臉孔。

我們不能完全倚賴網路警察所扮演的上帝角色，任何科技都是人類智慧的延伸，這智慧，必須涵括如何分辨網路天使與魔鬼，才能在鍵入指令的那一剎那，趨善避惡。

禁果之味

她把厚重的窗簾，拉開一條縫。

午後的陽光，斜斜地穿了進來，像燦亮銀線，掛在她的腰臀上。把窗簾拉開些，銀線隨即織成一匹雪色綢緞，由腰際覆蓋到膝上，彷彿穿上一件端莊長裙，窗簾閉攏些，則是俏豔誘惑的短裙。

她就這樣側身躺在窗台邊的貴妃椅上，剪裁陽光，看著自己裸露的肌膚，也看著一絲不掛、平滑膩白的腰腿和乳房。青春漸逝，幸好，還維持著凹凸有緻的好身材，還能叫男人愛不釋手，讚不絕口。

窗外傳來鐵捲門升起的聲音，她從窗簾空隙往外窺視，看見正對面房間的樓下車庫，一輛黑色轎車緩緩退出，這一家汽車旅館看來生意不錯。週末午後，生意不錯的這家汽車旅館，進進出出的情侶，有多少人和她身分相同？職業婦女？和週末情人偷嚐禁果的職業婦女。

圓床上蓋著薄被的男人翻個身，自深沉疲累的睡眠中醒來，順手把一個枕頭丟給她。她微笑著接過枕頭，放入腰後，讓自己有點酸軟的腰部舒服些，也讓自己驕傲的乳房更高聳。週末情人，這個男人就是她的週末情人，也是她的同事，不定期的週末偷情，一次次狂野放蕩的性愛，讓她彷彿掉入漩渦，無力掙扎。

辦公室戀情，是職場外遇男女的禁果，帶著邪魅香氣，總讓沾惹上的人，有如吸毒者般難戒難絕。

也許，禁果的確出自天堂伊甸園，原名叫生命之果，而生命中某些最初體驗，也確實是蛇的誘惑。

他在課堂上努力挺直腰桿，看著數學老師在黑板上演算公式，班上的同學個個正襟危坐，鴉雀無聲。下午第二堂課，原本在走廊間水般流漾的陽光，悄悄漫淹上靠窗第一排學生的書桌，空氣中暖暖飄浮著慵倦氣息，他發現黑板上的粉筆字慢慢模糊，數學老師的聲音，浮浮沉沉，像遙遠海邊傳來的波濤。

要命的下午第二堂課！他只覺得愈來愈沉重的眼皮，恰似兩艘即將沉沒的小舟，勉強扭動僵硬的脖子，他偷偷的把視線停留在第二排第七個位置，他的小香。

燈塔上強烈的光，黑夜中的閃電，他看見小香的眼睛亮燦燦的，朝他飄了過來！並且抿了抿她飽滿的紅唇，尚未成型的微笑，隱約卻濃膩。

誘惑之蛇，蜿蜒爬過心頭，他突然渾身燥熱，睡意全消！昨天晚上的電影院裡，他藉著黑暗掩護，探索著小香混沌初開的起伏山巒！她輕細急促的呼吸，在他耳際漫流著溫熱氣息，他終於忍不住吻了小香那微張的紅唇。

他的初吻！帶著箭牌口香糖的甜意。

嚼口香糖的學生情人，情愛只算一知半解，卻也是異性間交往互動的開始，這時期的情愛，不宜探觸性愛範疇！正待汲取知識的學子，極可能因耽溺禁果之味而怠忽學業，在準備踏入成人社會的起跑點上，慢了人家一大步。

台灣的性教育不普及且不完善，這是事實。少年男女只能藉由來自朋友或書報網路的資訊，摸索出性知識，在摸索的過程中如果出了差錯，勢必造成心理和生理的重大傷害。

小小一個海島，根據統計，每年未婚媽媽約生下兩萬名嬰兒，加上沒有生下來的數目，絕對超過三萬名！沒有正確的性知識，卻在誘惑之下偷嚐禁果，使得社會、家庭以及個人付出的代價，十分巨大。

我因此相信，發乎情，止乎禮的觀念和堅持，仍應是當今性教育的重要課題。愛慕的情事，發自天性，無可避免，延遲摘取禁果的時間，提倡正當健康的兩性互動，讓我們的青春男女等到身體和知識都夠成熟了，才正式跨過性愛門檻。

至於成人世界裡，所謂的週末情人，已是廿一世紀的社會病態之一！救火縱火，黑道白道，陰陽乾坤成就這個世界的多變面貌，而善惡分界，猶有道德人心勉力把守——這就是人與禽獸的區別。

禁果之味，可以苦澀，可以甜美，端看個人如何判斷取捨。

織女會牛郎

多年前，海島最繁華的台北，有一家餐廳被發現時，幾乎造成全台七級以上大地震！那家餐廳名叫「星期五餐廳」，首次啟用男性陪酒，並且創造出一個「午夜牛郎」的新名詞。

牛郎慢慢淡出，現在增添了男性護膺、男性伴遊等等更新的名詞。男性下海，從事服務女客的情色行業，不管名稱如何標新立異或正經八百，男妓的本質並無兩樣。

是真的男女平等了！女權運動者高喊了這許多年，看來是情色行業最先配合。合法妓女差點被禁絕，換了市長，禁娼令再緩個幾年，不合法但一樣高張豔幟的更多！幾千年來，女人一直附庸於男人，弱勢卑憐的命運無法擺脫，這一點令現代女性大為不滿！男妓的出現，代表男性威權的瓦解，花得起錢的女人，照樣可以招個俊美健壯的年輕男人，像

廿一世紀，演藝圈、社會版的「許純美現象」，還有誰會大驚小怪，期期以為不可呢？

當年，午夜牛郎在星期五餐廳出現，卻真的是舉眾嘩然！衛道人士一個個跳出來講話，好似男妓的出現，從此宣告道德的淪喪。現在看來，應是民主資本社會衍生的自然現象，除非不許女人參政，不許女人求職，回到封建舊世代把女人關入深閨繡閣，否則，正面的男女平等話題必須一談，負面的男妓和妓女同時出現，亦屬必然。

民主社會是個繁華綺媚的浮世繪，資本主義容許經濟自由，任何行業的興起或沒落，皆因市場供需，有人要買，就一定有人賣。我比較有興趣探討的是——現代女性，究竟想從牛郎身上要些什麼？和男人獵豔心態，是如出一轍呢？還是同中有異？

我問過一個去過牛郎店的女人。她說：「要什麼？沒有要什麼啦！唱歌、跳舞、喝酒聊天，時間到了付帳出門，跟男人上酒店消費一樣，沒什麼特別。」

我沒去過酒店，但不能被看成太外行的樣子：「酒店我知道！男人喝了酒會動手動腳揩油，醜態百出，甚至講好價錢帶出場上賓館。牛郎店呢？女人會不會也對牛郎動手動腳？也要求性交易？」

「你說的不是酒店好不好？是酒家、摸摸茶之類的色情場所，牛郎店和酒店都講究氣氛，有你說的那麼沒水準嗎？」她有點生氣的想岔開話題：「我只去過一次，談不上瞭解，拜託你去問別人啦！OK？」

這有點難！去過牛郎店的女人可能不少，但肯承認的一定不多，我還是只能問她：「這樣好了，妳說一說為什麼會想去那種地方？」

「好奇！」她回答，好像準備結束話題的模樣。

「等等，別人呢？好奇心滿足之後，別的女人還去不去？」

「去呀！幹麼不去？去那裡，所有老公和情人做不到的，那裡都有！有人倒酒挾菜，有人傾聽妳的心事，把妳當皇后、公主寵妳捧妳，對某些缺乏溫情的女人而言，那裡可以找到慰藉，不過，要不問真假，也要不怕花錢。」談起別人，她流利多了。

我繼續追問現代版織女會牛郎的細節，才知道男人尋歡和女人尋歡，心態果然不一樣。

男人認定一個目標，即百般攏絡捧場，最終目的是將小姐帶出場帶上床！甚至明火執杖喊出價碼，以金錢的力量令女人屈服。而台灣織女，性的壓抑和道德觀還很重，她們不會用錢去買牛郎的身體。擺明為性而來，不只格調低，而且太沒情趣！她們從喝酒聊天開始，唱情歌、跳三貼，直到疊出交情，雙方你情我願，才會有進一步的關係。

她們必須感覺到愛，才肯做愛！這和雄性動物的侵略性，大不相同。

電視台曾經播放午夜牛郎的現場訪問，那位臉孔經馬賽克處理後的牛郎，倒是知無不言，言無不盡。他強調牛郎的工作，大多數時間只是陪女性客人喝酒聊天，服務項目並不包括性！他有一個同事，從事牛郎行業兩年多，還沒跟客人上過床，可照樣捧她場的女客還是很多。有所謂「賞大酒」的說法，女客一次送上幾十萬給情郎，不見得就是要求性服務，只是想給足情郎的面子，這方面女人出手比男人大方多了。通常牛郎會轉業或跳槽，大都因為擺不平女客假戲真做的熱情。

他歸納出一個答案——台灣女性最缺乏的是愛情或溫情。

牛郎的答案，和我的猜測不謀而合，這樣的答案卻更令人擔心！它不僅突顯出台灣大男人不懂溫柔，不能體恤女性的粗糙性格，也同時提供了女性一個危險的競技場！

情之一字，最是詭譎莫測，尤其是動了真情的現代織女，在牛郎不確定的溫柔勾引下，鵲橋一會，人間恐怕不只是一場冷冷的七夕寒雨而已。

那會是一場亂世才有的——家破人亡骨肉分離的悲劇！

也或許，必須等到女娼男妓都消失，男女真正平等，人倫悲劇才不會因情色而上演吧？

拋棄型世紀

自廿一世紀起，人類生活逐漸進入拋棄型世紀。

從紙杯、紙盤、拖鞋、內褲，到可以改變顏色，用完即丟的隱形眼鏡，拜高度消費習慣之賜，拋棄型的東西將會愈來愈多，拋棄的速度，也會愈來愈快。

如今，更慢慢出現許多拋棄型非物品！譬如拋棄型男人、拋棄型母親、拋棄型愛情等等正式宣告這個世紀，將是拋棄型世紀。

代理孕母，算是拋棄型母親，精子和卵子都是別人的！十月懷胎的嬰兒一脫離母體，即成陌路。精子銀行裡頭有許多拋棄型父親，有些人儲存自己的精子，把自己最佳狀態的基因保留，這種男人思想前衛，相信科技，只能算特例。大部分的精子是拋棄型父親拿來換錢的！給不孕者一個懷孕的機會，生下來的孩子屬於「父不詳」族群。

我有一個好朋友，我看著她從健康開朗的少女到如今手姿綽約的單身貴族，總覺得月下老人大概弄丟了她那條紅線，讓她一直踏不上姻緣道！她曾經淡淡的說：「如果能生個孩子，這輩子就不算遺憾。」

她並不缺男人和情人，但和那些拋棄型對象生孩子，她也不願意。理由是有了兒女，豈不是叫自己和那些男人牽扯不清沒完沒了！她想過找精子銀行，終究提不起勇氣一試。

我問她沒結婚幹麼想生孩子？她回答：「跟你養小孩理由相同，你為什麼要生小孩？」

說真的，我一向認為結婚生子，四個字連在一起天經地義，結了婚就一定會生養孩子，至於為什麼非生孩子不可？從沒想過理由！讓她一問，還真是傻了好一會兒。

花花世界，果然多采多姿。有一心想生孩子的單身貴族，卻也有結了婚不肯養孩子的「頂客族」。不管如何，親情，這種骨肉相連的情感，其實也已不可避免的進入拋棄型時代。

電視新聞偶爾會有溫馨關懷的報導，譬如以前《我要回家》的短暫畫面，鏡頭帶到一些失聰失智的老人、一些淪落街頭車站的遊民。他們的兒女呢？多一點關懷，盡些許孝道，又怎會每逢寒流來襲，就有被兒女拋棄的父母，活活凍死的新聞出現？

養兒防老成了古老的神話，含飴弄孫則是湮遠的傳說。更多逆倫慘案一再發生，為人父母者豈能不知警惕！認清拋棄型親情時代的來臨，趁早安排自己老年生涯規劃，才是正經。

也許，我已經找到理由，可以勸勸我那單身貴族的朋友，乾脆考慮加入頂客族算了。連親情都可拋棄，愛情呢？如果山盟海誓的愛情也跟著進化為潮來潮往不留痕跡的拋棄型愛情，應該不算稀奇吧？

「我不想了解妳，妳不用了解我，我們不必涉入彼此的人生。只有今夜，我是妳的愛人。」類似的言語，出現在電影雜誌和兩性專欄裡。新名詞是「遊戲時代」，這種愛情叫做「一夜情」。

知名歌星和政壇名人，因為一夜情的發生，成為緋聞主角，媒體追逐蒐秘，喧騰好一陣子。每個人都知道，這只是冰山一角，浮出海面，教人瞧得見罷了！每個人也都同意，拋棄型愛情在這個寒涼世紀裡，已是到處可見隨處漂流的冰山！所以，大言不慚「犯了天下男人都會犯的錯」的政治人物，照樣參加選舉，照樣高票當選！民意早就不以緋聞為忤。

當然，連政治也已經是可拋棄型。高票當選者，並不代表民意支持永遠領先，政治前途從此一帆風順！選舉和一夜情類似，嘶喊纏綿只是昨夜一場春夢，隔日醒來，春水無痕。

我有幾分文人癡傻，心中總有一個聲音悄悄詢問：能有什麼值得堅持？可以挽留？在這拋棄型世紀？

癡人執拗，傻瓜腦筋不轉彎！我想不出！想不出為什麼非用紙杯不可？我只喜歡古拙的陶杯，一只杯子可以用它一輩子。我也喜歡寫文章，把它當成志業，打算一生堅持！我更珍惜我的工作，因為有一份穩定的薪水，可以讓我的家庭喜樂無憂。我只懂活在當下，盡心盡力，如此而已。

我真的想不出一定要「或一定能」堅持、挽留什麼？也想不出我會拋棄什麼？有哪一個聰明絕頂的人，能給我答案？

如膠似漆新解

很早很早以前，曾經流行過一首歌曲——〈你儂我儂〉。

這個儂字，出自明朝鄭之玄的〈代懊儂曲〉。〈代懊儂曲〉的詩情系列總共八曲，將「你」代稱為「歡」，「我」稱之為「儂」，儂與歡的譬喻涵括松枝女蘿、明月大海等等，既充滿詩意的清雅，也表現出愛情的濃烈纏綿，幾乎成為當時才子佳人間的盟約誓言。

〈你儂我儂〉變成流行歌曲，大約在七〇年代，如今的後中年男女，只要是戀愛結婚的，這首歌應該都還印象深刻。

歌詞描述一對情人調泥雕塑，妳塑一個我，我捏一個妳，然後將妳和我放在一起，打破！重新和泥再塑，經過這道手續後，塑出來的妳，泥裡有我，我的泥裡也有了妳。

肉麻嗎？一點也不！兩性之間的互動，就屬愛情最驚心動魄，最銷魂蝕骨，情人間說得出口的膩語，又豈只這些？

譬如另外一首歌，歌名叫〈總有一天等到你〉，有人謔稱為棺材店主題曲！其實說得通，愛情原就帶點「至死無悔」的特質，歌詞裡比喻情人是泥是沙、如膠似漆。泥和沙，天生在一起，暗示相愛乃命中注定，膠和漆，妳黏我也黏，那是誰也別想拆散這對情侶了。

這兩首歌，有點老！廿一世紀大大流行的KTV裡，點唱率並不高，新世代男女，喜歡高唱〈瀟灑走一回〉，欣賞有點黏又不會太黏的情愛關係。

如膠似漆？別傻了！

說真的，我滿同意這樣的新觀念。太多強調愛情至上的戲曲傳說，雖然賺去有情人不少眼淚，但仔細想想，其實沒道理。

譬如被奉為愛情經典的《七世夫妻》，就沒一個好下場，彷彿人生除了愛情的堅貞沉溺，再無轉圜餘地！又譬如莎翁的《殉情記》，裡頭的羅蜜歐和茱麗葉，擺在現代場景，恰是一對傻鳥！既沒有足夠的智慧和能力去排解兩家世仇，也沒有足夠的定力再忍耐片刻，等弄清楚真相再說，糊里糊塗的把原可圓滿結局的喜劇，弄成千古悲劇！

如此愛情，當然不為聰明絕頂的現代男女接受！再者，將愛情擺在第一位而全力以赴，滾湯熱火中枉費性命，也不是值得鼓勵的愛情態度。

從情竇初開到識透情味，愛情在整個生命過程中，只佔一小部分。垂髫年少，在親情呵護中成長，弱冠之年，重心要放在書本上，古時候要求取功名，現在則需擠一擠明星大學的窄門！成家後全力衝刺事業，養兒育女盡嚴父慈母的責任，待得歲月蒼黃，兒孫滿堂，回首為卿瘋狂的荒唐戀情，也僅似遙遠城堞的燈火，暮影裡撲飛若螢。

生命這樣詮釋，好像沒什麼好執著？事實上——是！但這正是生命弔詭之處。自謂萬物之靈的生命，和蟲魚鳥獸，本質並無不同，生而赴死更是自然定律，看得透這個真相，才能真正清明而喜悅地面對中間這一段過程。而生命的過程，即是生而為人最精采的部分。

蟲魚鳥獸，只知飢寒飽暖等本能感覺，為二次元動物，人類之所以成為萬物之靈，即是多了思考！屬三次元動物，因為思考，創造了文字器具，留下歷史文物，也因為思考，而有了忠孝仁愛等精神層面的追求和規範。

人類生命的弔詭與精采，就是在於精神層面的追求過程中，激發熱力的震撼。岳飛精忠報國、關公義薄雲天、唐伯虎書畫雙絕、李白詩酒一生，令人見賢思齊的例證，不勝枚舉。這些散發生命熱力，光芒橫越千古的英雄才子，又怎會只為區區情愛而割捨一切？

明白愛情在生命中的比重之後，愛情將不再是可生可死，碎心斷腸的危險遊戲。兩情相悅？很好！緣盡情斷？何妨捎上真心祝福。轉個彎，生命還有一大段令人驚豔的風景。

廿一世紀，你儂我儂的情歌，一樣可以唱得迴腸盪氣，但別讓愛情如膠似漆，牽絆黏滯新世代男女的腳步，學習厚重而不帶壓力的態度，讓愛情只為璀燦生命潤彩，而不是捨本逐末的覆掩生命本色。

如此這般，新世代男女即可含笑攜手，人生路上，瀟灑走一回。

情郎與情狼

「插播一首愛情的恰恰！」她高喊著。

音樂的旋律輕快響起，她脫掉上衣，一截小可愛只夠遮掩她挺聳柔軟的胸部，頸項腰腿粉嫩的肌膚，在霓虹細碎光點下，散發邪魅熱力！旋轉搖擺的舞步和亢亮歌聲，把小包廂的氣氛，High到最高點。

KTV的公關，本該將氣氛炒熱，讓每一個來店裡消費的客人，滿意度百分百。何況經理特別交代，這一檔客人身分特殊，需要小心應付！「調查局的！」經理附在耳邊的聲音，幾分詭秘！

開放的社會，情色行業早已是半公開狀況，政府官員下班後，是女人也要燒飯洗衣，是男人就會尋歡作樂，她倒覺得經理有點小題大作，這一檔客人甚至有點斯文氣，放不開。

直到其中一人開了一瓶XO！陳年威士忌價錢可不低，她才知道看走了眼。這票一擲千金的豪客，非富即貴！而花錢不眨眼的客人通常具有危險性！

那樣的念頭只一閃而過，當她被半逼半哄的喝下幾杯烈酒之後，慢慢撤去戒心！接下來的時間裡，她彷彿陷入一場噩夢之中，用盡力氣也醒不過來。

那一顆旋轉著光點的霓虹圓球，逐漸褪去虹彩，像蒼白著臉的一輪明月。她只覺得身體一直往下沉，而身邊原本衣冠齊整的男人，突然脫下衣裳，露出毛茸茸的身軀，變成一隻邪惡的狼人！吐著舌頭，滴著口涎，嗷叫著撲到她身上。

真正的一輪明月，攀不住大都會的樓影銳緣，正轉身離去。溫潤的月光如水，流向都市邊緣的田園農舍，匯入溪流溝圳中，然後將它的倒影，留在小溪盡頭那波平如境的湖面上。

深夜湖畔的涼亭裡，此刻還有一對情侶，依偎擁抱。這一對年輕情侶，清純稚氣的臉龐上，有著相同的醉意！他們是真的醉了，臉頰火燙，身軀滾熱。愛情，是青春少年少女濃烈的美酒，只淺淺在對方的唇齒間索飲，就已是深深的醉意。

還有那不應該，需要抗拒禁止的，貪婪摸索的一雙手！女孩用力推開男孩，低頭扣上胸前的鈕扣，從小背包裡拿出梳子，梳著頭髮，卻怎麼也梳不平凌亂的心情。

「你看，月亮出來了，好圓，好漂亮！」女孩指著清冷的湖面和深邃的夜空驚呼：「兩個月亮！你看到了沒？」

男孩坐正了身子，深深的吸了一口氣，冰冷的空氣進入肺葉，稍稍冷卻心頭那炙燙的感覺。他又規矩又溫柔的圈著女孩的腰身，低沉了聲音說：「看到了，不美！而且圓得很可怕！」

「為什麼？你不要嚇我！」女孩把整個背部偎入男孩的胸膛，嬌弱無辜如一隻小小綿羊。很早很早以前……男孩開始講故事，一個月圓之夜，狼人從森林深處走出來的故事。女孩愈聽愈害怕，在男孩的懷裡顫抖！男孩也愈講愈害怕，因為他逐漸無法控制那嗜血的渴望，那撕裂毀滅的衝動。

狼人，從故事中的森林走出來，走進男孩的身體裡！而男孩的懷裡正有一隻無助的小羔羊。

真實？還是虛構？人性和獸性，在情色的誘引下，似幻實真！

發生在KTV包廂裡的強暴案，經由媒體報導後，一個前程似錦的調查局人員，被停職懲處！還得面對刑法的審判。

我惋惜那個犯錯的男人，因酒亂性，將潛伏在理智下的狼人呼喚出來！我也同情那受害的女人，情色行業賺錢雖快，火海邊緣失足，留下的疤痕可能終身難癒。

也許，我該祝福的是約會失身的少女，她身邊意亂情迷的少年，是情郎，而不是情狼！我一廂情願的希望，每一個愛情故事的結局，都將美麗如童話。

狼人就在身邊！與情色毗鄰而居，這應是男女互動時，最需要去體認清楚的真相。

單身貴族症候群

「隨緣，不強求也不拒絕！」我一個單身貴族朋友，娥子，總是這麼說：「其實習慣一個人生活後，光是想想要進入婚姻，適應沒有距離的兩人世界，就覺得滿恐怖！也或許……是我沒遇上一個可以讓我不顧一切，一頭栽進去的男人。」

認識娥子這個女人，二十幾年有了。典型的金牛座性格，冷靜到近乎冷酷的溫情主義者！二十年前，只覺得這個女孩兼具嫻靜溫柔和牛脾氣的執拗，讓人搞不清楚她對男人究竟是深情還是深沉。二十年後，她母牛星座的個性基調依然沒變，依舊瀰漫著謹慎戒懼，冷眼旁觀的氛圍。

我多多少少研究過一些星座個性，才發現金牛座女子，即使內心熱情如火，也不允許因為激情而毀滅一切，她會慢斯條裡的去分辨過濾男人的花言巧語或甜言蜜語，才決定下不下注。

缺少浪漫因子，謹慎到一輩子不下注者，十之八九金牛座女子。娥子遲不下注，我半開玩笑說該先做好老年生涯規劃！姻緣道上也有大器晚成型的，說不定黃昏之戀就要出現。她以一貫的冷靜和理性回答我：「安排好了，黃昏之戀可以不要，老伴不能沒有！我已經找到兩個老伴了，謝謝關心。」

我和娥子口中的兩個老伴，見過幾次面，曾經情海浮浮沉沉的兩個單身女郎。其中一個目前有親密男友，對方已婚，但她從不要求對方脫韁解鎖，甘甘願願成為他黑暗中的戀人。也許這女人掩飾得好，也或許她是真的只要愛情不要家庭，我看不出她有什麼情婦悲情！說起她的男人，倒像朋友，一個異性知己罷了。

另一個老伴，甫自婚姻中脫困而出！臉上永遠懸著孩子的悲喜心情，孩子在前夫的新家庭中，偶爾偷偷的和她聯繫。前夫的蠻橫暴力，是她的噩夢，她發誓再也不入婚姻煉獄，寧願將一個母親的大愛，點點滴滴流注於社會大眾！她是慈濟人，最有媽媽味道的單身貴族。

三個女人個性迥異，卻能互相扶持，加上各自擁有不錯的職業，表面看起來，單身這條路，她們走得平穩自在。但內心世界呢？她們只肯偶爾盛裝赴會，在我這個異性朋友前面，呈現丰姿綽約的正面，那些負面陰鬱的感覺，寂寞、空虛、孤獨等單身貴族常有的症狀，我探觸不到，也沒有理由和立場去追索。

我只能祝福她們。希望再二十年，我還能看到她們活得無拘無礙，見證單身這條路，也能走出好風景。當然，我更希望娥子那個當人家第三者的朋友，早一日擺脫「單身公害」的身分，再如何理性克制，外遇情焰，終究是會灼人傷人的烈火。

同事朋友間，男性單身貴族我也認識幾個。其中小朱算是多年老朋友，他不像娥子她們矜持好強，小朱總會在酒後找我傾吐心事，接他的電話，話筒常把我半邊耳朵壓麻了。

小朱有他個性上的弱點，喝酒打牌只算不良嗜好，他倒還能節制，意氣用事這點最嚴重！一件事、一句話，他很容易讓別人僵在那兒，也讓自己找不到台階可下！而伴隨著意氣用事之後，就是一意孤行和將錯就錯，因而他的人際關係老是處於劍拔弩張的狀況。

典型的EQ零蛋，情緒管理極差！

跟他相處很累！這是同事間的評語。有人勸他結婚，讓老婆軟軟磨去一些銳角尖刺後可能會好些。他真的去結了婚，不到兩年離婚了！和老婆一鬧彆扭喊著要離婚的就是他，和事佬我當過，哪一次不是把小朱罵得狗血淋頭，卻覺得翻江倒海還容易些，改他個性？難！

終於有一次他喊著要離婚，老婆點頭了！小朱又回到單身這條路上，形影孓然。

我是真的了解小朱這人，他的血氣之勇來自任俠仗義的個性，一走岔就成了鬥狠鬥氣的流氓氣質！笠帽簑衣，低眉壓眼，相逢先問有仇無？把臂言歡或拔刀相向，當真是壁壘分明，不留轉圜餘地！

他是那種沒有善用俠義精神的劍客型男人，從來不懂把女人萬觔柔情珍藏心底！更糟的是廿一世紀，女性意識抬頭，也不太有女人肯談「柔情」兩字了。

我預估，小朱將走成老兵的樣子，天不怕地不怕的面對一生孤獨。

所謂月老紅線，姻緣天定，我相信男婚女嫁，冥冥中自有天意，終成眷屬的有情人值得祝福。但我更願人生路上獨行的男女，無須酒來消愁、不當人家的情婦，單身貴族症候群的毛病調理痊癒，昂昂然，施施然的走出煙嵐清冷的一片——另類風景。

老狐狸和狐狸精

狐狸，哺乳動物肉食類，形似狗，性狡詐多疑，有關「狐」字的成語，譬如狐假虎威、狐群狗黨等等，都不討人喜歡。老狐狸和狐狸精，則是另種讓世間男女牙根發癢的動物。

我先談談老狐狸。

所有代表聰明才智、狡猾險詐、以弱勝強的狐狸特性與技巧，老狐狸都能運用純熟，甚至連百獸之王的老虎，亦可將之玩弄於股掌之間！

是的，有時候我們會牙癢癢的罵人老狐狸！這老狐狸正是讓人哭笑不得、愛恨難分，卻又無可奈何的人物。

人世叢林裡，有一呼百諾的老虎級人物，有沉默勤奮的基層水牛族，有人心如豺狼，有人馴若羔羊，老狐狸縱橫群獸之間偏能無往不利。因為他瞭解人世叢林法則，也瞭解自己長處短處，他不會讓自己涉險受傷，也不會去得罪敵人，他不是強者，卻能以弱者姿態悠遊於生存空間。

職場上，老狐狸人物深諳圓融通達之道，他的座右銘是不做一流人物，也不讓自己屈居三流，二流人物正好可以左右逢源。會遭遇前後受敵，兩面夾攻的人物，在老狐狸的眼中屬植物類——草莓。

如此狐狸格言，大有道理！

一流人物通常智慧高，反應快，是那種樣樣出類拔萃的人才。這類人才的表現亮眼，令人不敢逼視，所提見解，更能見人之所未見，言人之所不敢言！高出同儕一大截，恰似鶴立雞群，一干齊頭平庸之輩，難免做出群雞逐鶴的動作。而上位者，擔心手下一流大將逼宮，也未必肯提拔！

因此，一流人才在職場上，甚或人生路上，大抵落得心比天高，命薄如紙的局面，雄才鬱鬱以終。

至於二流人才，也算中上之資，比一流人才怎麼看就是差上一些！卻也因為如此，他的想法意見，以及行事作風，反而易於讓一般人接受。同時，二流人才光芒有限，人際關係上比較不會出現障礙，上位掌權者也不會產生戒心，肯給予充分信任和支持，終能進入權力核心。

三流人物，愚癡踏實兼認命甘願，自有一片天空，所謂基層人員就是，雖屬三流，卻是最穩定的一環。

老狐狸這種二流人才，謙虛溫和，最適合帶領三流人才，並且藉著三流人才支持的渾厚實力，鞏固自己的地位。人世職場闖蕩，代表睿智內斂的老狐狸性格，總要帶上三分才能逢兇化吉！尤其是初履職場的上班族，無須持才傲物，多多學習老狐狸的智慧，中庸平穩，一步一腳印攀上高峰，成就絕頂人物。

至於修煉成精的老狐狸，不叫狐狸精，而是狐仙。《聊齋誌異》這本書裡，狐仙的故事佔去不少版面，有壞狐仙，也有好狐仙。我接下來要說的狐狸精，卻絕對是壞東西！提起「狐狸精」三個字，每個女人保證是一副咬牙切齒的模樣。

狐狸精在人世叢林裡，也能存活，而且存活了許久，原因是全世界有一半的人類恨她討厭她，卻有另一半人類愛她喜歡她。沒錯，愛她、喜歡她的當然是男人！

被冠上狐狸精頭銜的女人，受到同類排擠，卻深獲異性歡迎，有一個很特殊的原因——這女人懂得將「狐媚」的本能，發揮到淋漓盡致的境界。

《唐人傳說》曾說，女狐腹內藏有媚珠一顆，因而擅於迷惑人心。人世叢林裡的狐狸精，煙視媚行加溫柔嬌癡，只為一心一意對待一個男人，可以將世情義理拋諸腦後！用她一生的美麗賴定一個男人，這男人想要逃脫，大是不易！

公司大老闆的女秘書，學識容貌俱佳，隨時傳達大老闆的命令，最容易被辦公室女性員工叫成狐狸精，會狐假虎威的狐狸精。黑暗戀情中，介入人家家庭的第三者，也是狐狸精！迷惑一個男人為之拋妻棄子，自然擔上罵名。

最著名，被罵的最慘的的狐狸精，是九尾狐狸——妲己，害紂王傾國傾城的女人。《封神榜》描述紂王之所以荒廢朝政，皆因沉溺妲己美色，酒池肉林中荒淫無度，才有武王滅商興周的結局。

將改朝換代這等軍國大事，歸咎於深宮一弱質女子，乃古來腐儒慣用的手法，當然不公平！到如今，大概只剩下少數愛看連續劇的愚夫愚婦還深信不疑。

歷史野史上的狐狸精，不再有人譴責，連現代社會身為「第三者」的狐狸精，也應該換個角度去觀察她們的行為動機，而不是一味的謾罵指責。

現代女性自主意識強烈，許多人走成單身貴族，寧願以遊戲人間的方式，遵循情婦守則，成為女人眼中的單身公害，男人趨之若鶩的狐狸精。然而，外遇事件層出不窮，表示浮華社會給了狐狸精一定的存活空間！

這算不算新世代奇觀之一呢？

類固醇男人

一個曾經衝過百公尺十秒關卡，刷新世界紀錄的短跑名將，卻在全世界都期待他再度超越自己的時候，傳來了他服食禁藥的消息。

短跑名將從此失去了他的榮耀和跑道。

婚姻的跑道上，同樣有類固醇男人被判出局，失去競逐的資格，我的同事小高，就是！

他是台東布農族人，矮壯亮黑，微微凹陷的大眼睛，略帶腔韻的國語，充滿原住民魅力！三十多歲的年紀，育有一男一女，為了家庭，打拚到南二高工地來，每半個月或一個月，他會開著他那輛二手小喜美回台東休假，和一般工程人員離鄉背井的生涯沒兩樣。也許他原本就比較沉默寡言，也許交情淺不能言深，我對他的瞭解，僅如此而已。

或者，還有酒，愛喝點酒，好像是原住民的正字標誌。工程人員夜晚窩在工地宿舍裡，幾個燒酒夥伴相邀聚飲，是我常見的風景，而小高絕對是其中一個。

半醉半醒間，他心事的甕口會打開，傾倒一些原本泥封深藏的言語。隔著一層薄薄的木板牆，我在隔壁房間讀書寫稿，幾乎可以把他放大喉嚨的講話聲，聽得一清二楚。

於是我知道，他有一個泰國籍女朋友！知道他休假時，原來不是每一次都回台東和家人團聚，而是帶著泰國女友到處玩樂！因而他交回去的薪水，老婆才會永遠嫌不夠！

他交往的那個泰國女孩我見過，工地附近一家紡織廠的外籍勞工，長得還算端正，身材也好，只是言談舉止頗有媚態。她到宿舍區找小高，敲我房門詢問，小高還在工地加班沒回來，她要等，我只好招待她。聊過之後才知道這女孩在泰國也有丈夫孩子，在台灣工作滿兩年就會回去泰國。

我的泰國話還算流利，讓她有滿滿的驚訝，一直要介紹年輕漂亮的泰國女孩給我！依她的說法是泰國勞工可憐，給關在工廠裡，交個男朋友可以學台灣話，又可以到處去玩！

我拒絕！這不是什麼異國情鴛，刻骨銘心的動人情愫，只是飲食男女貪財獵豔的遊戲罷了！聊過一次之後，我一直希望這個泰國女子趕快滿兩年回國，小高盡早回歸正常生活，重新扛起家庭責任。

小高並沒有捱滿兩年，他離婚了！妻子丟下一男一女遠走高飛。引爆離婚的導火線，當然是小高自己埋下和點燃的，雖然他在酒後辯稱是他老婆先有了男朋友，但沒人相信他。他更安靜了！一向黑亮的大眼睛，彷彿變得灰灰暗暗。

他夜不歸營的次數更多了，下了班，小喜美開出宿舍區，總要天亮才回來！沒有婚姻的束縛，平常唸他勸他的燒酒夥伴，已經找不到理由，拉扯他一步步踏入泥淖的腳步。

我看得見離婚後他消沉頹廢的情緒，但也只他來向我借錢應急的時候，我才能多少說他幾句。男人最怕沉迷酒色，酒還好些，適度適量的酒精麻醉，可以換來一夜無夢，消解胸中鬱壘，長期下來當然也會損傷身體！色呢？所謂色字頭上一把刀，真是俗又有力的古老諺語。這把刀雪亮鋒利，碰上了非受傷不可！前程、聲名、事業，都有可能讓這把刀一揮兩斷。

我甚至特別提出曾經發生過的新聞事件，一個形象非常好的政治人物，因為色字看不破，落得向國人道歉的下場！不只政治前程不保，個人累積的形象一併破滅，令人惋惜不已。

苦口婆心，小高只當馬耳東風！打死不承認他離婚跟交一個泰國女朋友有什麼牽連！夫妻個性不合啦，講話沒有交集啦，還有最重要的一點，工程人員聚少離多的生活型態，造成疏離冷漠的夫妻關係，才是離婚的主因！

他說「英雄難過美人關」，過不了美人關的都是一些英雄豪傑，他一個小老百姓，又有什麼美人關讓他闖？上班下班按月領薪水的工人，談什麼前程事業好斷送？

說不清，敲不醒！我只好將他歸類為類固醇男人。酒與色，是他的止痛劑和迷幻藥，目前他僅僅失去婚姻跑道，也許，到最後他將連人生大道，都沒有資格與人並肩行走。

借了錢他就走了，小喜美又呼嘯著出門。

我在書桌前坐定，攤開稿紙沉思。小高這樣的類固醇男人，目前社會恐怕為數不少！聲色犬馬和吃喝嫖賭這等迷醉人性的行業，從未在這世界消失過，可見善與惡，光明與黑暗，當真是如影隨形，密不可分。

擲筆輕嘆，這人間世啊，芸芸眾生竟是因此而顯現——所謂婆娑世界的殊相吧。

麻辣鴛鴦

「第一波大陸高壓冷氣團南下，冷鋒滯留不去，氣溫持續下降，淡水將出現十度以下，入冬以來的最低溫。」

這是台灣冬天的氣象報告，如果合歡山再下一場雪，就更有冬天的感覺了。

冬天一到，正是進補時節。賣薑母鴨燒酒雞的老闆們忙了起來，以前只在冬天做生意的香肉攤子，近年來已大量減少，吃狗肉代表落伍兼沒衛生，新世代年輕人沾也不沾！他們也大都不喜歡薑母鴨燒酒雞的中藥味道，倒是新流行的麻辣小火鍋，沒去嘗試過的年輕人，會讓同伴們嘲笑跟不上時代。

我已過了不趕流行的年紀，但一顆年輕好奇的心，還有！為了讓自己印象深刻，我還特別選了重辣！吃麻辣火鍋真的很需要一些勇氣，那一鍋浮在湯面的辣味紅油，沾上舌尖就是一陣刺痛！吃了小半鍋，我已經用掉十來張面紙，眼窩鼻翼冒油冒汗，熱氣蒸騰，近視眼鏡上一片朦朧。外表狼狽不堪，內心叫苦連天，從此認定，麻辣火鍋我無福消受！

聽說後來又出現麻辣鴛鴦鍋，也叫紅白小火鍋，紅鍋仍是又麻又辣，白鍋則清淡有味。英雄性烈如火，美人柔情似水，去叫鴛鴦鍋的年輕情侶更多了。

生活習俗可以蔚成文化，而生活中最重要的飲食變化，亦可代表時代文化的變遷。茹毛飲血指的是蠻荒遠古，熟食之後跨入全新世代，到如今刻意栽培出來的零汙染生機食品，成為消費者最愛，表示人類逐漸追求返璞歸真的境界。屬於年輕口味的麻辣鴛鴦小火鍋異軍突起，又涵括何種時代意義呢？

飲食文化我沒研究，留給愛吃又有學問的人去傷腦筋。我要說的是麻辣鴛鴦！婚姻中的暴力夫妻，或者是愛情中具虐待傾向的戀侶。

我相信此類夫妻情人之間的互動，箇中滋味應該與小火鍋的麻辣刺痛相似！而喜歡麻辣火鍋的情侶，一旦強烈刺激上癮，會不會比較容易成為暴力夫妻？天天上演「打是情罵是愛」的戲碼？

住家隔壁出租，搬來一對年輕夫妻，男生俊俏帥氣，女孩豔美健康，一看就知道是性格堅定、我行我素的新新人類。這兩人在愛與恨之間，沒什麼緩衝點，好的時候蜜裡調油，夜半床戲的聲息，散發濃膩的愛情甜香味，讓左鄰右舍的歐巴桑鼻子過敏，嗤嗤有聲。吵起架或打起架來，其熱烈程度，則可以輕易點燃半條巷子的燈火。

他們吵架和做愛一樣，大都在午夜時分揭開序幕。

也許是男生，或許是女孩交際應酬回來晚了，也許一起出門吃完麻辣鍋回來，火氣正大！他們可不管寂寂深更，小巷子裡再細微的聲音也能傳得老遠，摔碗盤、翻桌子、尖叫著互相撕扯，總要吵得巷子裡燈光一盞盞打亮，有人遠遠高喊「小聲點！別吵人睡覺。」這對冤家的夜戲，才會慢慢落幕。

後來不知是誰報了警，管區警察過來干涉小夫妻的糾紛兩三次，他們才悄悄搬離窩巢。

造成麻辣鴛鴦的原因，應是舊農業世代跨入工商時代的後遺症之一。農業社會五代同堂的情況普遍，年輕夫妻房間，一牆之隔即有長輩數人鼾聲如雷！做個愛恰似如履薄冰，得咬牙抿唇不敢流溢出一絲聲息。吵架呢？隱忍壓制的聲音倒像枕畔細語。到如今，工商社會世情冷淡，人際疏離，街坊鄰居形同陌路，麻辣小鴛鴦攜手出來闖天下，管得動他們的父執輩相隔百數十里，夫妻之間的愛恨，因而變得肆無忌憚。

社會版上，不缺這類新聞案件！引爆瓦斯、割腕跳樓的許多家庭悲劇，究其原因，就是少了一個忍字！社會結構改變，格於形勢而忍讓的條件不再，麻辣鴛鴦很快吵成怨偶，天南地北，各自分飛。

我並非鄉愿心態，也明白水火樣互相煎熬的夫妻，還不如早日分手，以免結局令人惋惜遺憾。但其實只要懂得加入理性——愛恨糾纏之際冷靜下來溝通。就如同紅白鍋的出現，讓一男一女在火與冰之間，尋來一處溫暖水域，一輩子做「不羨神仙」的那對鴛鴦。愛情婚姻，總免不了遭遇冬天，多忍幾回刺骨寒流，春天，也就不會太遠了。

輯　六

魂夢山河錄

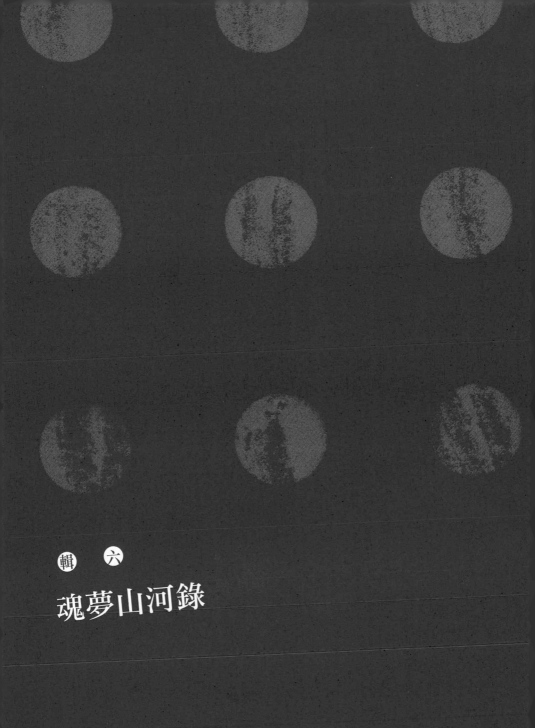

魂夢山河錄

1 孟冬寒氣至，北風何慘慄

那時候，國仇家恨，你能懂多少？

你所知道的中國，是個扯裂了一道巨大傷口的國家，傷口恍若海峽般深且寬，你想像海峽的水，不是水，是血，血灩洪波上，飄浮著一葉無助的海棠，你伸盡手臂也搆不著。你才小學五年級，你的世界只有竹林，晒穀埕，或是更遠的甘蔗田。直到鄉下小學校來了一個「外省仔」老師。

蘆溝橋下嗚咽的無定河，流動著無止盡的哀怨和仇恨，八年抗戰，可憐那善良無辜的天下蒼生，硝煙中倉皇呼號，這一頁血淚斑斑的史實，都在課堂上由新來的老師口中，深沉道來。「抗戰勝利的歡容，如此短暫，甫入家門，又披征衣，華北燃起一把野火，淹天漫地地捲燒而來，驚魂未定的中國啊，中國的土地，被炙烤成一片紅啊血腥的紅。」說到這兒，軒昂偉岸的山東漢子仰起了臉，眼尖的你，看到一顆迅速漾起、填滿、滑落、跌碎在講台上的淚！

從那一刻起，你懂得中國有一雙哀愁的眼睛；擦也擦不完，滾燙奔流的歷史悲情。

有一回，你把布鞋忘在教室抽屜裡，快到家了才又折回來學校，翻過圍牆時，你看到鳳凰樹下坐著國文老師，那個新來的「外省人」。擺張小桌子，一碟花生一瓶米酒，自酌自飲。夕日餘暉映照他頰上酡紅，一向清亮堅定的眼神，你再度看到一層迷濛水霧升起。

躲在樹後，你進退兩難，鞋，一定要帶回去，怕老師卻是那時誰也無法控制的情緒，更何況他又是個快喝醉了的外省老師。猶豫驚嚇焦急的你只能僵僵的等著，等著，然後，你聽到他在唱歌，曲調悲愴豪壯，拉長的咿哦聲暗啞危顫，彷彿鬱積的怨懟，無盡的委屈，在鏽蝕的胸腔和吞淚的咽喉間，千迴百折。

你終究沒有拿回你的鞋子，回到家好晚了，你心甘情願捱了一頓打。夜裡，歌聲滲入你夢中，你哭號著醒來，才一睜眼，父母關切、歉疚的臉，就在床邊。

幸福的感覺，讓你安心的又睡沉了。

你稚嫩的心靈，或者曾經閃過這樣的一絲牽掛：孤身隨軍渡海的老師，夜半酒醒，呼天喊地，父母的臉卻是枯乾的葉，翻滾在松花江的流水上一起滑入眼裡，引出汩汩鄉愁！會不會？

他，他會不會爬起身來，再去找另外一瓶酒？

2 胡馬依北風，越鳥巢南枝

對家國隱微的疼惜，來自於老師寂寞蕭索的容顏。

一場場浩劫蹂躪神州土地的時候，你還不知道在哪裡，等你呱呱落地，海峽彼岸鐵幕已封，其實你感受不到傷口割裂時錐心的痛。

初中、高中，你漸能控文字的韁繩，任思緒馳騁。你在詩經裡尋覓黃河的源頭，在崑崙山雲封霧鎖中蒐求神話和傳奇。神秘的青海潮汐、哮呼陰山的大漠飛煙、嘉裕斜陽、錢塘奔濤……所有晴陰如夢的故國空間裡，你駐足讚詠，窄窄的燈下一圈暈黃，逐漸容納不下你胸填萬里的襟懷。

地理和歷史互相印證睡睡醒醒的衰敗繁華。炎黃以來，你傳承了黃土高原的膚色，你的祖先在江南、閩浙仍是蠻荒瘴厲的時候，揚帆涉渡水路，做了海上仙山最初的子民。你確切明白，海峽彼岸那片土地，和你血脈的阡陌連接。

你不再以「老芋仔」和「外省人」來稱呼那些眷村居民，並且努力的去聽懂濃濃的各省腔調。當他們是隔壁的叔伯兄弟一樣，和他們一起罵鬼子和「他奶奶的」！

五〇到六〇年代，在大陸尚來不及推展的三民主義，卻在寶島開始締造經濟奇蹟，整個社會以急行軍的方式，追回殖民地時代所停頓的腳步。那些退除役的老兵，也加入了推動巨輪的行列，各種行業，每處角落，你可以看到篤實精悍的老兵，打著赤膊，在那兒挑擔推車揉麵下餃子等等，渾厚的吆喝聲，猶帶幾分老驥伏櫪的銳氣。

這其中，你認識了一個在騎樓下賣麵的老兵，吃碗陽春麵時，你會陪著他暖暖的扯上許多往事，傾聽他斷續道來蒼黃歲月的蹤跡，那時年輕，愛極了歷盡滄桑後白頭宮女的情味。麵攤鋁鍋永遠冒著肉骨湯的熱氣，一盞寒夜孤燈，他鄉風簷雨廊下一寸土地，老兵守在那兒，殷勤地為凍僵餓壞的過客，奉上一碗滿滿的故鄉麵，再淡淡的笑問：「客從何處來？可知故鄉事？」

胡馬迎著北風嘶鳴縱跳，只因風裡聞嗅得出大草原的氣息，所以，賣大餅饅頭的儘多燕趙豪俠，紅油抄手裡有四川辣痛的滋味，那北平的餡餅粥配上掛爐烤鴨，便是管飽又好吃的帝都情意了。

吃慣甘藷飯的你，終於入伍，和百萬大軍一起在寶島土地上生聚教訓枕戈待旦，躍躍然欲試奔馬中原。那些老兵，則以故鄉的小吃，隨時提醒你，一峽離亂煙波的彼岸，母親，母親親手調製的口味更道地。

那魂縈夢繫的滋味啊！母親！

3 盈盈一水間，脈脈不得語

三十年了！骨血依舊剝離，隔河相望淚眼。

鐵幕深鎖，陽光在外頭，黑暗內霜雪如何恣意掩蓋土地的訊息，你無法探觸得到。直到你出國。

初到科威特，始則驚豔萬里無城廓的大漠景觀，繼而平撫了飄泊飛鴻的情緒之後，你開始讓另一種鄉愁霸道佔據所有思維。每一次上街，你會看到同樣黑眼珠的中國人民，行在富足新貴的可蘭經城市裡，身上一式挺挺的藍色制服，卻怎麼也抹不去畏怯怯的寒酸氣。手上提著小照相機、小錄音機，嘴角掛著個心滿意足，迎面相遇，錯身而過，你回首時，總壓不住漫漫湧上的憂傷。

他們來自冰封千里的吉林，以勞力輸出的方式，投入科威特旱漠黃沙的天候，如此焦燥的煙塵撲上他們冰雪雕就的容顏，令人倍覺心酸。我們泱泱古國的絕世風采，三十年來，究竟受了怎麼樣的水煎火燎啊？她的子民僅僅剩下一臉的拙滯和淒冷！

曾經夜街窄巷相逢，你以相同的語言，試圖打破泥封已久的心事甕口，一聲聲「老鄉」你喊得熱呼！問哪兒來？沉默！問家裡什麼人呀？沉默！問長白天池祥鶴如今來否，問黑龍江濁浪奔急魚蝦何處藏躲？他們幾個衝著你微微笑著，提著廉價商品靦腆的手無處安放，唇，抿成一條線，密密縫住心頭悲風苦雨。

不可說，不敢說，不能說啊！錦繡河山便在魂夢裡，和你無言相對。

問過夥伴，才知曉他們相互監視的苦衷。此後，你不再藉機攀談，怕為那拙樸的老鄉們，惹來大麻煩。

遠遠的，你就只能遠遠的，把這樣一張張烽火和風霜侵蝕過的歷史臉龐，烙入記憶深處。並期待他日促膝剪燭時，再把話說從頭！

4 欲死不可得，欲生無一可

然而，相見不相歡，不如不相見。

四十年來，海島一隅的孤臣孽子，同心同力，把台灣經營成南太平洋上艨艟巨艦，巍巍屹立浩瀚煙波中。經濟上，更以令人難置信的速度，發展出舉世震驚的台灣奇蹟。而民主的腳步，一痕一印，走得堅定沉實，不因任何來自對岸詭麗的幻象所動。一印一痕，三民主義的巨人跨過海峽，穩穩踏上彼岸。

這巨人揮拳一擊，把鐵幕打出一個大洞——開放探親。

探親的人回來了，問及返鄉行，皆垂眉忍淚！

呼爹喚娘，縱橫淚水填不平臉上深雕的紋褶；尋妻覓子，互撫兩鬢飛霜，追溯昔日青髮。這還算好，悠忽迷昧的一場大夢醒來，且喜親人音容猶在，只褪了顏色罷了！而那些依著舊址尋來，驚見斷垣殘壁裡，荒塚墓草映斜陽如血的歸人，便只能在無邊黑夜裡獨枕無眠，聽雞鳴唱曉。

嘆歲月，無情交揉磨損，迅若疾箭。

因為戰爭，四十年前離家時，故鄉已荒涼破敗，四十年後回來，故鄉景色依舊破敗荒涼，該歸咎於何種浩劫呢？嘆歲月另一種沉深遲緩，停駐不前的面目嗎？

這般教人生死難安的無情呵！

「吃的、住的，差勁透頂，跟台灣沒得比。」坐計程車時，你聽到前頭司機這麼說：「睡到半夜，俺就把那西裝領帶全收來藏皮箱裡頭，不好看哪！」

嶄新的西裝、黑亮的皮鞋，在一大堆單疋粗布的族人的面前，是最不忍心的衣錦榮歸，你能體會他夜半起床，摸黑挑出素樸衣物時的情緒。

那司機後來留下二十萬台幣，讓他堂兄弟蓋房子，你想起了寶蓮燈和目連救母的故事。問他還回不回去，他搖搖頭，爹娘墓門已拱，舊厝拆除後，僅有的一段年少記憶，便將抹去。「回去？回去看了傷人。」他說。

是的，相見爭如不見。

寶華蓮台，心燈一盞，水火寒冰地獄裡，輾轉哀號的親人沐浴慈暉後，得到解脫。目連歷盡千辛萬苦，修得大神通，終能救母於血汙池中。

探親的人潮，一波波湧上大陸，每個人各攜有一盞寶蓮燈，光明的火種隨觸隨亮，讓陰鬱寒涼的同胞，都能親炙焰苗的溫度。

而你能預知，他們遙想海峽此岸光明之島的心情，當如大旱之望雲霓，如黑暗掩天遮地的破曉時分，期冀曦光持刃，一聲裂帛之後——如簾夜幕就此劃開。

4 朔氣傳金柝，寒光照鐵衣

朔風還在怒吼，霜寒依然凜冽。

去過大陸的人都說：「這一季灰濛濛的冬天，好長、好冷！」

你聽到的不是興安嶺上亙古不化的積雪，也不是喜馬拉雅山的凍巖冰崖，那兒的冬天已經接近永恆。他們只是說一件事實，四十年冬眠，四十年冰封的事實。

那一年，紅旗招來延安洞窟裡的梟鴟，嘎嘎聲啼冷高空，放眼神州草木，一夜之間，埋入皚皚的雪中。真理和自由的陽光，從此透不進蔽天翼影下的土地。吶喊的紅旗，瘋狂揮舞，隔絕所有追索不甘的眼睛，讓他們看不到青天白日。

於是，僵忽滯冷的冬，就成了「大陸人口」臉上共同的氣候。

你親眼目睹，探親的人回來說過，旅居新大陸的友人和你促膝長談時下了結論：「那是個最封閉的世界，最不民主的政權！」

北京有最寒冷的冬天，是嗎？

曾經淚湧如泉，曾經憤怒欲狂，你卻從未絕望過。小時候你就知道，只要有一絲陽光，晒暖一寸土地，蟄藏的種子就會裂土萌芽。持槍戍守前線時，刺刀隱泛寒光，夜露濕透征衣，你有破敵如破虜的豪氣。直到踏入呼呼轟轟的國家建設行列，你更能感受到，經濟厚植國力後，東亞矯矢的小龍，一飛沖天的剎那光芒。

這樣灼亮的光，全世界看得見，鐵幕內仰望的人看得見，最敏銳的年輕心靈，開始沸騰，天安門廣場終於豎起一座民主女神，百萬學子，以胸膛熱血，迎向隆冬險惡霜風；以稚嫩的歌聲，呼喚春日晴陽的訊息，而悲烈的絕食行動，正是捨出性命，對惡意盤據的冬天作最嚴厲的唾棄！

全世界的螢光幕都不會忘記，一個白衣秀士，以冰清血肉，昂然獨立在一列坦克惡獸之前的鏡頭。那是中國人，真正中國人傲雪寒梅的崢嶸風骨。

然而……可是……怎知……民主女神頹倒於魔魘暗夜，灼熱的子彈狂飲年輕學子胸膛鮮血，奔逃的軀體沿途灑落朵朵紅梅，滲入土裡，藏匿無蹤。

一線曙光初露，便叫烏雲黑霧遮掩。然則春雷已響過，十億民主自由的種子，悄悄起伏鼓盪，就待那一刻；那驚蟄的一聲霹靂之後，成就一座山河錦繡的花園。

就是這樣。以台灣自由民主的手，牽引我們的骨血兄弟，逐漸走上寬廣大道，而經濟成長需要時間，且讓他們貼近聆聽小龍溫熱強勁的脈動吧！並且學習如何蛻化的過程。教導他們各守住崗位，加更多的勤奮，歲歲月月，光明自然會去驅逐黑暗，自由和真理勢將替代極權統治。

在一個中國的大前提下，唯有北京寒冷的冬天已經遠颺，覆蓋在神州土地上的霜雪消融，你，和你血脈相連的兄弟才能並肩，並肩攜手。把廿一世紀，風風光光的，走成中國人的世紀。

布衣傳奇

社會轉型，人們一下子從困厄中走了出來，繁奢、摩登、紛雜、飽漲的浪潮，推波助瀾的是人。汲營利祿之餘，揮金置酒量珠買笑，個個氣豪聲粗，物質充裕後應有的節制一失，貪婪之島，暴發戶心態等等國際責辭，像不負責任的垃圾，紛紛墜落在潔淨的沙灘，汙染了海島福爾摩沙之美譽。

我其實不很同意，商品文明，科技掛帥，固然造就萬頭攢動火樹銀花的都會紅塵，沉淪許多人心，卻有更多的人，仍然謙卑地躬著身子，吃一口粗鹽，穿一襲布衣，讓心情在莊重儉素裡靜靜的過，其間生活的清嚴方正，彷彿蕉田椰林上一彎初昇的明月，冷凝透亮，足以輝映因富裕繁榮所帶來的荒涼人性裡任何一處陰鬱的角落。

當物慾湍流，逼人不得不熱衷於奔忙，且讓我們試著放慢腳步，走一回尋常巷陌，尋一處斜陽草樹，體驗這般別具鄉土情性的素樸之美。

1 兩葉伯公

每回返家，入耳處處鄉音，嘴裡叔伯姨嬸一路招呼，漸趨沒落的小村，剩下一些樸拙臉孔的老人，謹守一片完好的土地，過著承平一如太古的單純歲月，我喜歡。

即使不關曾經根土深植的情愫，這兒仍會是我這都會洪流中，努力把持一葉風帆的漁郎，最嚮往的桃花源。

村裡，兩葉伯公的故事，以儉嗇兩字最為人津津樂道。剛開始是他兒子無限委屈的朝鄰人訴苦：他特別託人買了些好茶回來孝敬父母，泡茶時他就發現阿爹老冷著臉斜眼看他，後來挨了罵才知道，原來他爹認為茶壺裡擠滿茶葉是一種很過分的浪費，幾乎就要把他這個「討債囝仔」趕出家門。

鄰人們登門一探究竟，齊聲嚷著客來奉茶，果然見他阿爹頻頻掀那壺蓋，兩葉、兩葉地朝裡加，等那沸水透出微褐色澤，便直說：「夠了，夠重了，這茶一葉葉貴得跟金子一樣，這兩葉，免擱加落去！」

兩葉之名，從此不逕而走。

常在庄頭廟口榕樹下聚會的老人，有貶他的人說：「兩葉仔兄這款人，有福不曉得享受！一杯茶泡兩片茶葉有啥滋味？若講歹命，我看伊歹命的最徹底。」褒他的人說法大不相同：「嘴若乾，清水也會甜，是啥人講冠軍茶一定卡有味？伊孝生一罐茶葉三、四千買返來，儉省慣習的伊，當然親像飲金汁同款。」

兒女事業有成，偶爾返鄉省親的豪華轎車，開不進來他父母赤足慣踏的牛車道，總是遠遠停在村口廟埕。兩葉伯公也從來不肯離開那片紅牆瓦厝，到兒子的工廠裡讓人叫一聲兩葉老董仔。夫婦兩老守住一方水田、幾畦菜園，安心要把人世黃昏並肩走成一幅辛涼冷雋的水墨。

布衣終生，但深靜莊重！兩葉伯公儉素自持的一襲深深黑衫，是我晚餐桌上，最愛向孩子心中堆砌的一座人間至美的雕像。

2 香蕉財主

當孩子面對一桌精緻豐盛的晚餐菜餚，偶有興趣缺缺的時候，除了兩葉伯公，我也會說一些財主的傳奇，誘孩子寬懷開胃，並慫恿孩子學習那些萬貫家財的員外們，伴一頁葉根譚下飯。

話頭總由「從前」開始拉出來：從前，在一個叫做旗山的地方，種了好多好多香蕉，那時候香蕉都賣給日本人，日本是什麼？不就是一個國家嗎？很遠很遠……別打岔！其中種最多香蕉，賣最多錢的就叫做香蕉大王，可是他好節省，一條小沙丁魚乾，他配三大碗飯，還剩下魚頭不捨得吃。來，你試試，這麼一小塊魚肉，配一大口飯，慢慢嚼喲，嚼久了就能嚼出來好滋味，對不對？很棒吧？學會了這樣吃，以後就跟員外財主一樣錢多多。買大龍貓？可以，可以，哎！

孩子還小，儉素傳家起家的深意，纏夾在他最歡喜的龍貓玩偶上，但我還是要說，盼孩子能在物質充裕的世代裡，懷想片刻父老前輩曾經艱苦卓絕的歲月，感恩，並且惜福。

類似的財主故事很多，原本苦守祖產幾畝薄田的老農，因為土地劃入住宅區或商業區，一夜之間成為億萬富翁，這些現象是台灣經濟奇蹟所造成的，能被人以傳奇方式稱頌的卻是新財主們的堅持——菜脯鹹魚土豆，一粥一飯如常飲水，不著物慾顏色的臉孔，依舊沛然敦厚。

這樣的臉孔，鄉野草莽處處可見，有這樣臉孔的人絕少出現在出國旅遊名冊上，即使出現了，也不會把暴發戶的鄙陋氣焰燒到國外去，讓世人競相詬病！他們的自持，或許成為某些人眼中的落伍、吝嗇，跟不上潮流。物質文明早已容許這些過慣苦日子的鄉農們，有起碼的享受，吃好的，穿好的。我同意，但我更知道這「某些人」反而是財主鄉農的子弟！因為祖上餘蔭坐擁鉅富，自懂人事以來，適逢繁奢奇巧爭妍鬥勝的世代，沾染習氣既深，遂認定其父兄澹澹自守的情性是——老頑固！

父兄慣踩腳踏車代步，田邊土壠來回幹活，一身泥巴土味，子弟的職業和四輪轎車隨時更換，光鮮的外表，時髦的髮型衣物。懂得金融股市和每一次投資的契機！事實如此演變，雖有些許無奈和心疼，卻不容置疑。

鄰家阿福仔伯，自從兒子媳婦回來吵著要過戶土地祖產之後，短短幾年內，憂心焚白了頭髮！他極不諒解孩子為何一定要變賣祖產，去投資房屋買賣。

「土地貴我知影，但錢是紙去裁去印出來的，能吃嗎？」他氣憤憤的說：「有一塊田園，五穀茶蔬隨便栽種，袜去餓著！土地才是人的根本，祖先留落來多少，咱也要傳給後世多少，這款道理，伊讀冊時老師沒教嗎？」

世代交替，薪火相傳，沉深遲緩的漫踱過斑駁歲月，老人們一點真心，櫛沐在現世風雨中，像厚陶古甕，像沉沉石磨，逐漸點染青苔；更像頹圮的一口幽深古井，孤獨到映一方澄明天光……每回返鄉，細聽村中父老情事，總會再一次感受與印證，酸辛素樸中，人性的寂寞甘味與美。

3 修橋補路——老兵

許多流傳的鄉野奇譚裡，孝子貧女書生等，只要胸懷正氣不欺暗室，善心善行必得福報，高官厚祿的有，沉冤昭雪的有，更有因天官賜福，妻嬌子美財多壽長者，從此成為富富泰泰的一方員外。而好心的員外依然賑災濟貧，修橋鋪路，博得鄰里街坊齊尊大善人。

因果報應，深植人心，傳奇裡或有幾分渲染的善美情境，卻正是一些鄉居父老叔伯，姈嬸姨婆等口耳相傳的一種盼望或戒律。

我不說迷信?在崇尚理性、律法條文偏又繁複駁雜的現世社會，我願意寬容且尊重如此簡單的信仰，肯定以靈籤筊杯的或然率作安心行事的準則，並無大礙。他們說舉頭三尺有神明。起心動念，行住坐臥，都瞞不過那一雙無所不在的眼睛！這有什麼不好呢？浩浩天威，至少對偏移執迷的人心有一定的嚇阻作用。自小，我就被教導著，進入堂屋大廳，得先洗臉洗手必恭必敬的一鞠躬，初一、十五供佛日，母親會帶我到彩繪觀音座下，塞給我一柱香，再從背後把我的手合入她掌中，輕聲教導我如何禮拜神佛。

我永遠不肯忘記，母親雙臂圈擁時胸懷的暖意，和那耳際喃喃祝禱的溫熱呼息。不識文字，篤信神鬼仙佛魔，對萬物山河虔敬的我的母親以及每個母親，手中三柱清香嬝娜，迴腸牽盪多少遊子鄉思！

在這般有情有靈的鄉居，在如此赤忱拙美的民風裡，卻容許一名曾經鞍馬烽煙，轉戰疆場的老兵，隨意行吟鄉間道上十年。這老兵甚至繪聲繪影的說他怒目揮刀、紅眼殺人的情景：說為佔一個山頭，攻一處據點，屍橫遍野中步步踏過血肉殘肢。

一把小圓鍬、一部舊腳踏車、一口鐵皮油漆桶子，伴著這個白髮短衫體壯聲宏的老兵剛介入鄉里時，或者猶帶征戰的殺機與銳氣，誰都不跟他打招呼。他也沒理會誰，只開始默默的做一件事——修補道路上的坑坑洞洞。每隔十天、半個月，他總會出現一次，巡遍村弄巷道，挖土撿石填平夯實可能摔傷人的路坑。

一年、兩年、十年下來，老兵的閩南語大有進步之後逐漸的也交了些老人朋友，等到村道鋪上柏油，老兵的工作量減少，廟口大榕樹下的老人亭，便常聽得他的大嗓門直嚷著想當年了。

鄉公所表揚過他，發給他一張「造福鄉梓」的獎狀，十年善行，他成為鄉間路上一幕最動人的風景。

常看他在廟口下棋，和他最要好的村中祥伯，老幫著他宣傳：「人做事，天在看，積陰德一定得福報。親像老芋仔這款人，一定長壽。你看伊一隻擱若牛咧，每工吹風晒日頭，不曾去寒著熱著，恁少年郎甲伊沒得比。」

我也希望他長命百歲，甚至願如祥伯說的，他真有百神護佑！在世人漸漸沒頂於奢華蕩逸的洪波時，猶有人堅信善行雖小，諸天神佛皆入法眼，亦有人固執行善，十年不移，如此情性，恰似一葉雙帆輕舟，潔白的滑入世塵濁流，留給人間回眸一瞥的——驚豔。

聖境世紀書

神對諾亞說：「我使雲彩蓋地的時候，必有霓虹出現在雲彩中，這是我與你們，和各式各樣有血有肉的生命所立的永約，洪水將不再氾濫毀壞地上的一切。」——聖經創世紀第九章。

1 立虹為記

好一場大洪水。水勢一直往上漲，把諾亞方舟從地上漂起，大水淹沒了平原房舍，水勢比地面最高的山還多出十五吋！凡是有鼻孔有氣息的生靈，都被滅絕。只剩下諾亞和那些與他同在方舟裡的生物，存活下來。

聖經創世紀中記載，耶和華後悔造人於世，引洪水持續氾濫四十日，並且停留在地上一百五十天，殘酷的等待所有生物滅絕。神只為人間留下些許餘地，那就是諾亞方舟！一直到諾亞在方舟中放出鴿子，啣回來一片橄欖葉子，大地終於重現生機。

如今，廿一世紀已然降臨，救世主重返人間的千禧年福音會不會應驗？立虹為記的承諾將持續到何日？人類經過世紀末天災人禍的試煉之後，是否已懂得反省？我們是不是末世劫難中蒙主恩寵的純淨生命？一如諾亞方舟的倖存。

人類能不能在千禧年伊始，自己尋找明路，而不再將命運無助的交由神來裁示？天崩地裂！在一九九九年結束前，我們終於看到了末日異象。上一個千年轉瞬成為過往，我們可不可以先從檢視一路行來的歷史脈絡開始，調整人類走向下一個千年的腳步？

2 諸神袖手的世代

一千年前，挪威的船隻首次發現格陵蘭和美洲大陸；德國宣布統治波蘭和匈牙利。在中國，五代十國的分裂局面結束，陳橋兵變，黃袍加身趙匡胤建立宋朝。天下未定，兵荒馬亂的創痕隱隱作疼，北方的契丹卻在此刻咄咄逼近中原，和中原的君王訂下澶淵之盟！屈辱的宋朝國君稱遼太后為叔母，兩國為兄弟之邦。

日本的紫式部默默的完成宮廷秘史巨著——《源式物語》。宋代詞人蘇東坡填下了石破天驚的〈念奴嬌〉——大江東去，浪淘盡，千古風流人物。

千年前的感嘆，文學留下些許餘韻，中原政權的迭替變亂，塵封在史冊中，無人翻動。當時的人類生活日出而作，日入而息，迂緩閒適的腳步聲，渺不可聞。

沒有鼓勵，也沒有懲罰，那是一個諸神袖手的世紀。

3 另一艘諾亞方舟

人壽百年！也許，橫亙千年的蜿蜒足跡，在人類的眼底，竟只是荒煙蔓草的一幅畫面，即使感動，卻也是如此遙遠模糊。但若以百年的識見，回顧十八、十九或二十世紀，即可看見一步步逼真、鮮明的人類足印。

十八世紀工業革命，是人類歷史的一大步！這一步跨得又急又快，以機器替代人工之後短短兩三百年，甚至電腦智慧逐漸取代人類的思考！更別說行住坐臥等為肢體活動服務的機器的發展與進步。

文明的形成帶來了副作用，這副作用則是加速了人類對地球上有限資源的剝奪。近三百年來因為文明進步，整體人類高品質高消耗量的生活享受，已經耗費很大一部分資源。尤其是人類所倚賴使用的機械，其動力來源皆取自石化能源。這些能源實際上是地球在過去的三十億年，長期吸收太陽光與熱的能量累積，人類一旦用盡了它，將無法等到第二個三十億年！更何況，森林樹木，也早被人類消耗得差不多了。

以生態保護的觀點來看，地球資源確實有限！縱有能量守恆的大自然循環，其再生速度絕對趕不上人類索求的慾望擴張。

地球為人類所準備的，不會是永久的天堂，它只是暫避洪水的另一艘諾亞方舟。

4 天堂的盡頭正是地獄

從刀耕火種到機械全自動化生產；從結繩記事到計算機終端信息庫；從烽火擊鼓到光

導纖維通信……人類社會文日愈來愈進步，在處理自己與自然之間的供需，從親自動手到假手機械，人們付出極少的代價，即可索取更多的資源，而資源正因為人類想營造更進步更文明的生活，而急遽大量的出血！

從十八世紀工業時期算起三百年，只佔人類歷史的千分之二，這一時期生活過的人數，佔人類歷史人數總合的百分之八十，但所消耗掉的地球資源，卻佔了人類歷史總能量資源消耗的百分之九十九點九！在這之前的農業時期，人類所依賴的資源是動植物，再生速度比石化資源來得快，時間也短，且春耕夏耘秋收冬藏，步調規律緩慢的生活方式，也容許大自然得以療傷復健。

人類快速的走向末路，天堂的盡頭即是地獄！到了二十世紀，兩次世界大戰，滅絕了地球上兩千萬條生命！而大戰的根源，則是資源的爭奪。洪水、颶風、大旱或地震，人禍天災綿延不斷，大自然反撲的行動全面展開，最終將人類數目減少到能夠和大自然取得供需平衡為止。

舊約創世紀說：「大地原生，生生不息，滿載於世，征服他吧！努力去支配海中之魚，空中之鳥，以及在地上走動的一切生物。」秉承神的旨意去支配萬物，那是因為人被神以祂的容顏雕塑，准許人類成為萬物之靈，但神始料未及的是人心貪慾所創造的文明！人類因科技文明而成長為有翼有蹼、能飛天鑽地入海、一口森森利齒吞噬一切的怪獸！不再是神所熟悉的，祂能駕馭支配的溫馴子民。

世紀末，災難頻頻！救世主取消千禧年福音，鐵起臉孔一次次下達最嚴厲的警告，這回，祂彷彿決心藏起那一片橄欖葉子，再不肯通融！

5 試著把人心淨化成一顆種子

生機欲斷未斷，人類何去何從？

走過二十世紀的驚濤巨浪，從千禧年起，人類舉足跨入寶瓶世紀。寶瓶的特質，即是人類將更注重靈性的覺醒，也就是說，人類會慢慢懂得要求個人價值重新定位和生活型態的返璞歸真，達到靈性的提昇後，體察神的殘忍與溫柔，學習與大自然和平共處。

人類會開始試著將自己的一顆心，淨化蛻變成一顆種子，橄欖樹的種子。

愈來愈多被科技文明圈禁的人們，正摸索著靈性修行的方法。生機食物、環保運動、替代能源的研究、東方冥想或宗教禪定等等，希望進入嶄新的精神世界觀。

然而，所謂養虎貽患！文明的怪獸仍將繼續吞噬地球資源的行動，在下一個世紀，因為太空科技的進步，怪獸將擁有輕易脫離地心引力的能耐，把牠的巨首伸向地球附近的行星，尋找填滿飢餓肚腸的新能源。飼養怪獸的科學家們，甚至大膽預估！二〇一八年發射載人太空船登陸火星，探測並且收集火星資源。

生物科技也可能在廿一世紀，洞悉上帝創世紀的技術機密！複製羊桃莉成功誕生後，生物科技從此進入全新境界。基因的操作剪接或修改，可以直接孕育最優良的人種，醫療用複製人，將提供戀棧生命者所有器官移植的所需，物種生滅的界限將被徹底摧毀。

靈性生命對抗文明怪獸的戰爭，勢必在下個千年持續僵持，人類必須一面迎戰，一面發展出新的人際倫理，互相幫助身心進化，通過覺知修行的靈性生命亦將大獲全勝，重新打造一個地球上的靈性聖境。

在千禧年的開端，末日預言的烏鴉大聲鼓噪，散播福音佳訊的喜鵲，無知的在枝頭跳躍，我只願所有靈修的人類生命，沉默的聆聽後，簡簡單單的，開始生活。

像一顆種子迸出新芽般，安靜而謙卑。

情義鴛鴦

山城水里，天龍橋下。兩戶沒有門牌號碼的人家裡，住著兩對老病鴛鴦。他們縮顫著破敗的翅翼，互依互偎的面對悲絕天地，僅留情義的焰苗，悄悄點燃他們生命最終的一絲微溫淡明。

橋下流水無情，日日夜夜在他們的違建的門前咆哮，他們已無前路，只能回首，卻盡是一段段淒涼往事。

1 畸女

她背部的駝峰，隆起如小丘，彷佛人世所有的悲苦，就這麼草草紮成一個包袱，沉重的壓在她孱細的軀體上，把她的腰折成直角，四肢恍若獸般拖垂於地。即使她是站立的，高度只到常人的腰部，一眼望去，是她灰白稀疏的亂髮。

第一次看到她，我就很難壓抑直直浮昇上來的酸苦。然後，市場邊緣、垃圾堆中，我又看到過幾次她撿拾破爛的佝僂身影，旁邊一輛和她同等高度的四輪嬰兒床，堆滿鋁罐紙板。「拾荒老婦」，這是我最初的印象，只是我不敢相信，一個拾荒婦，竟然會是以如此畸形詭異的形態出現。

她的家人呢？為何沒人照顧她？水里坐擁群山，傍濁水一彎潺潺溪流，拙厚山村小鎮，會是誰人天性如斯涼薄，讓她在熙攘往來的人世道途上，獨自走成這片淒厲風景？

那日偶過街頭，看見她正費力的試圖扶起翻覆的嬰兒車，紙板和鋁罐散落一地，我停車下來幫忙撿拾，她咧著光禿禿的牙床朝我點頭道謝，白堊似的臉龐，層層疊疊的皺紋，枯瘦虬屈的手背，滿布歲月浸濡的痕跡，那一串又急又快的語言，我無法聽懂半句一句。我只能微微笑著，不顧紙板上沾黏的酸腐味道，幫她收拾好，推到路旁，然後，像躲避一場噩夢般，離去！

她像極一截朽蝕的老樹，崢嶸的攀扯住芳香甘美的土地，不叫生機斷絕！我竟是難以分辨是疼惜她卓韌的生命力，還是在怨恨這渺渺造化對她的凌辱！那樣欲待嚎哭的衝動，迂迂迴迴在我胸腔喉際，百折千折！

斷續追問水里父老，才知道，大約七年前這拾荒老婦孤身來到水里，尋著一家旅舍，做僕婦工作。沒人知道她來自何處，她一口布農族的土語，水里也沒幾人能懂，她日復一日做著單調寂寞的清潔工作，沒有親人，沒有朋友！後來，一個殘廢的老榮民，住進旅舍一個月，在出門時帶走她，移到天龍橋下。這一住已滿六年，他們都超過了七十歲。

老榮民左眼已瞎，右手指頭也斷了兩根，依然嗜酒好賭，僅靠著每個月的退休俸，勉強維持他個人的壞習慣。而拾荒老婦卻反過來照顧他，照顧得無微不至。這一對露水夫妻，如此引人側目的晚春情事，替樸實的山城，添上一段傳奇。

或許，這一對組合，正是以垂暮情鴛的姿態，故意向惡意的命運之神，做唯一且微弱的抗衡！你看不出一絲絲美絕幽絕的情愛蹤影，勉強的說，該是道義——老榮民一念之仁，帶走拾荒婦，必是存著收容與照應的善意，而拾荒婦重情感恩，卻必須以微薄的拾荒所得，來供給老榮民時常缺乏的菸酒錢！甚至忍受他醉酒時的欺凌、謾罵！

不知道該怎麼說了。俗世夫妻的糾葛，受與授者自有他們的心甘情願，旁人無從插嘴撫慰。他們各懷有一大段淒苦往事，老來相伴，面對一彎粼粼流水，午夜夢迴時，焉知其互撫歲月傷痕的兩顆心，是如何的緊緊相連！

2 棄婦

面向同樣的波光，隔壁住的是另一對情義鴛鴦。

破舊的木板雜亂隔出廳房，撿拾來的舊傢俱佔住大部分空間，屋頂的水泥板就是天龍橋面，整個屋子也跟著嗡嗡震響，這是一個搖搖欲墜的家。

陰雨的天氣，水面蒸騰著霧氣，瀰漫入室，木板牆、舊桌椅，全凝上一層細碎的水珠，棉被衣物更是濕冷，入夜，蠟燭和油燈在風中搖曳微光，照不透一絲幽深，只有濁水溪倒映的水里市街燈影，帶出幾分迷離人世的訊息。

環境的陰鬱，似乎他們早就習慣，被俗世喧囂所拋棄的孤獨，他們也已不在乎。許姓老婦自小就被寡母所棄，一個人自屏東流浪到中部，由少女時代開始，她的一生就一直難以擺脫被拋棄的命運，情人、丈夫，甚至她曾託身的世界，全一次次辜負了她，直到在水里遇見廣東籍的余姓老榮民。

人海波濤裡倦且累的苦命女子，一生的流離失所從此有了依歸。天龍橋下，這一對互相扶持的老人，不理會婚姻需不需要人間註冊的問題。熱烈的燃起情意的焰苗烘火取暖！他們的情深和意重，曾是水里居民口中津津樂道的故事，而那時候，許姓老婦才五十七歲，即使一生風霜的臉龐上皺紋深雕，她的內心必定充滿了依戀和疼惜吧！對這人間世。

所以，那年，當她在天龍橋下撿到一個兩歲的女嬰，她熱淚盈眶，她認定上天開始垂憐她，才肯賜她一個如此乖巧的女兒。她細緻溫柔的照顧這女嬰，以全性命的感恩和愛！余姓老榮民篤厚的心情也輕暢起來，他會抱著牽著逐漸長大的女兒，在水里市場街道認識一個個叔伯姨婆。他們熱切的希望，就算耗盡老朽腐木的養分，也要培育出這朵嬌豔的蘭花，讓這朵蘭花驕傲的招展在早已唾棄他們的人世上。他們替小女孩取了名字春蘭。

向我說往事的老翁搖頭慨嘆：「十幾年過去，這個女孩長大了，外出工作就拋棄扶養她的夫婦，再不回頭。留下一個半身不遂的老母親，一個垂老的父親，好狠的心哪！」

我悚然一驚！上天相待許姓老婦未免太過殘酷。十數年的歲月，原已逐漸淡忘的噩夢，又觸目驚心的尋來，這回，竟是讓自己一手扶養長大的女兒，無情——割捨！

「最近，中風的老婦人夜半醒來，常常會尖著嗓子咒罵離家出走的養女，一邊拉長聲調悽聲哭泣……」說故事的人搖著頭：「世間事，世間人，悲慘的事哪說得完。」

於是，某個深更，我故意坐在天龍橋側的石墩上，等著。我就是要聽聽被人世遺忘的這處角落，生命掙扎的聲息，不管我的心，我的心會不會碎！

山城的燈火，一盞盞熄滅，繁星月色逐漸清明，群山迤邐的稜線蜿蜒畫出輪廓，如此幽靜美好的山夜，而我卻踩住悲苦人家的屋頂，內心滾沸出一腔火熱世情。

夜深人靜，我側耳傾聽，遠處間斷傳來野狗的低嗽嗚咽，微細的蟲鳴唧唧，夜歸的輪聲、剎車聲撕裂荒天，一齊融入眼前流水聲中，天龍橋下，渺無聲息！無聲息。

橋墩上，我凝親著月光下模糊的身影，心裡隱隱約約的悲涼滋味浮起，橋下，為橋下這兩對情義鴛鴦，悲悲涼涼的嘆息出聲。

他們頑強的以殘敗蹼翼划動著，越過一波波困頓生活的險灘急流，互喚互護相扶相持，我不知道他們還要泅泳人世長河多久！可是，一夜橋畔獨坐，我知道他們逐漸懂得以沉默來代替控訴；以緊抿的唇，吐露無聲而嚴厲的譴責，向無情天地闡述一個生命主題。

不容扭曲無法絕滅的——愛！

落月關山何處笛

亙古星空，多少人凝望過？銀鈎掛秋冷，曾經如何觸動詩人最敏銳的弦？白雲深處，神仙故鄉。因想像而衍生的傳奇，可還能安慰悲鬱寒涼的人間世？以心靈相對應宇宙無邊際的深邃，原是生命中最大的驚奇，曲賦詩詞流傳至今的篇章，猶自令人低迴。可是，當我們偶爾從塵俗啼笑得失的糾葛中，抬起頭來，真正去面對蒼穹無垠，除了沉默，還有什麼可以表達的方式？

「一彎塵海中浮浮欲沉的月。」是的！我就是這般無言語，盤膝趺坐凝眸。淺溪歡唱，繞過我身底下的大石頭，與匆匆趕赴大海的約會，沿途遺落一顆顆迸散的珍珠，也顧不得拾取。宿鳥爭巢的啾鳴聲已止，大概都找妥了隱蔽處歇下，這月光眩目的亮，正需枝葉遮擋著，才好入夢。山樹、野石、幽澗，不理會夜風淒涼，各自睡了。

而我睜眼，看月。落日還在西邊烘焙著時，月就上了山巔，黃澄澄的一個銅鑼燒，彷彿還帶著剛出爐的溫熱。這樣人情豐滿的感覺，只一剎那。卻見斜陽墜落，投向暗夜翼展黑幕，徒留一抹凋零的殘豔。

幸好圓月清滿，懸明鏡自照容顏，北斗細斟，萬象皆為座上佳客，月娘素淨了臉，在清淺銀河上周旋，像個最綽約的女主人。

這麼想像，是剽竊前人曾有的古典風色了。而且不免叫人嗤笑，這個以冷靜和理性掛帥的時代，誰耐煩去說什麼嫦娥奔月！三足蟾蜍、杵藥玉兔和廣寒宮，博學點的小學生都知曉，那是寧靜海所造成的陰影。

有一次，從夜市熾火人潮中脫身而出，行上陸橋，陡見一彎塵海中浮浮欲沉的月。未曾見過這般煙火渾濁的月，在人車接喋中瑟縮，任何一盞燈，都比它喧嘩、搶眼。

就在陸橋上憑欄傷心欲絕，所有美麗的傳說都成謊言。我不能向孩子說，不要拿手指著月亮，否則她會在孩子睡著的時候割他的耳朵。也不得不在說月亮的神話之前，先聲明這僅僅是一個故事而已，別當真。才小學而已，他已經可以分得清楚，上弦和下弦是地球旋轉成什麼角度時遮掩成的。我還能說什麼?徒惹他眉眸之間一絲狐疑罷了。

市塵街聲裡，我們習慣去看那霓虹招牌的賣點標示;會去注意往來車輛燈號轉換，煞車或不煞車!那孤懸千古的月，每一晚，豐盈或纖巧的走過寂寞，映不出徹夜釣蝦的荷塘月色;也撲不進帷幕玻璃，去灑落床前薄霜，李白和朱自清僅存白紙黑字的冷。

風簷雨廊下，琅琅展讀古卷，從此月光不來相陪，詩意藏匿無蹤。月，遂被遺忘。直到隨著工程，住進這濁水溪畔的山色裡，才又記起月的陰晴圓缺。明月樓，莫倚危欄，這中間摻入太多離人的秋怨。不敢登高處的我，愛執長笛尋幽澗清流，閒看山籠霧影，靜聆山泉鳴石。只不知因何，今夜我竟以喋喋不休的思緒和一輪月明，如此相逢!如此無語相逢。那夜夢裡星光燦爛，其實，面對繁星明滅，我也是沉默的。

天上長宿列張，人間公侯將相，我總在尋找屬於自己的那顆星子，觀其明晦，測己流年。該怪小時候只顧著撲流螢踢銅鑼捉迷藏，沒能好好記住老祖母口中那顆文曲星的方位。作文比賽拿回來第一名的獎狀時，老祖母就一直這麼說我的。

漸漸的，戴上近視眼鏡，這浩渺天際一點微明，看起來吃力得很。想把小星星亮晶晶，一顆顆都數清的稚氣，也隨著鏡片加厚而作罷。人在成長的同時，獲得和捨得應是並轠偕行，多賺了個記憶，也儘夠了。

記得在沙烏地阿拉伯的沙漠中，為了一句新穎的成語「星空鄉愁」，特地去看星子。科幻小說裡寫得跟真的一樣，說遙遠的星空某處，才是人類真正的故鄉，凝視蒼穹，總會無由升起一股悲情，那是你想家了，因為我們都是地球的過客。

躺在鋪上方巾的沙丘頂，星子好低好低，彷彿伸手可及，沒有高樓銳緣和電線切割的夜空，一大塊完完整整的映入眼中。斗勺斜柄七星，淺酌銀河；大熊小熊和獵人相安無事，難得見到的天蠍星群，尾端一點暗紅的鈎尖，閃動神秘魅惑的光芒。果然，眼光望盡星穹遙處，神魂也跟著飛越關山千疊萬疊，是想家了，想家，卻不是什麼「星空鄉愁」的那種。

在曠野中疾行的耶穌，回頭仰望繁星，可以感受天父聖靈充滿，讓祂有勇氣踏過遍地荊棘。釋迦菩提樹下，偶開慧眼看那明滅光點，也正是緣起性空的悟。只有流浪的人，才用這種方式去面對星空。

那一夜夢裡星光燦爛，顆顆都是欲滴未滴的淚珠！

而今晚山月，只有孤星相伴，原本清淺河漢都被雲遮掩，甚至，一朵雲走過來，把月緊緊圈入懷中，用一種飄泊歸來的姿態。

卷裹著歲月飄過一朵又一朵雲，是的，雲離山岫之後，就成流浪的身世。

初中時迷上一陣子希臘羅馬神話，那些也有著人世情感牽纏的諸神宮殿，就在雲彩掩映的奧林帕斯仙境。古天國的入口處也是一座由彩雲堆砌的大門，四季之神負責把守。在那栩栩如生的神話世界裡，有半人半羊的牧神，有一百隻眼睛的守衛巨人、噴火的龍、獨角雙翼的飛馬。這些稀奇古怪的神獸，趴在桌上，透過教室窗口，那一片藍天的卷雲處，依稀可見，可也犧牲了每個午睡時間。

雲的幻化多變，充分滿足了少年遐想的空間。杜甫「浮雲如白衣，須臾成蒼狗」的浩嘆：世事瞬變無常的隱憂，那個時候，年輕的心留不住這些，只單純的愛，看雲。

然後，流浪的日子來了。

在他鄉市街的高樓森林裡低首前行，忘記抬頭去瞧一眼雲；現實生活的泥淖中舉步維艱，雲白碧空卷裹著歲月，飄過一朵又一朵。

多久了？不敢看雲。該是不敢回頭流浪的跫痕，一路迤邐。

一管長笛，相伴我晨昏晴雨，偏愛憂傷的曲調，細聽笛韻嬝娜中浪人的淒楚，友朋親人之間偶爾書信往返，總也不經意在文字裡，吐露飄萍羈旅的疲倦。

終究明白，眷戀這一份拓荒者的職業，我就沒有不流浪的理由。而塵緣的牽絆或有悲歡，聚散卻是必然重複的過程。

就像雲，雲的身世，煙風漸起，成絲成片流向谷底，霜風吹鬢影，霧寒透衣，盤坐的身子和心情一般清冷。

望月，觀星，任思緒如行雲般流轉，無垠蒼穹的深邃，只讓我陷溺於玄思冥想。沒有佛陀的悲心願力，也無基督眼裡感動的淚水，俗世情腸的我，且甘願揹起一個無怨的擔子，塵海中自泅自泳，就算多一份千里故鄉，高樓望斷的怨吧！又如何？

悲悲歡歡都無妨，讓今宵長笛吹徹落月關山，無妨。

是真的無妨。

邂逅

湧向登機門口的人潮，不曾淹阻兩度回眸時，交纏的眼光。
我清清楚楚的感覺，她所表達溫柔而決裂的情意。
邂逅之後，從此道阻且長。

1 非胭非脂的青春

初次相見，在風煙塵漫的科威特機場。
被工程羈絆了一整年，終於能夠返國休假，和幾個夥伴，坐在候機室裡愉快的望著各色人種川流不息，更多的時候，視線停留在一張張濃豔的粉臉上。究竟，身處回教世界的旱漠中，平時所能見到的異性，全是以黑紗斗篷遮頭蓋臉的蒙面女郎，此刻眼前乍然開朗，難免多一份肆無忌憚。

她很年輕，帶領著幾個面目枯滯冷淡，身著卡其列寧裝的男子，走入候機室，長髮順溜如瀑，不施胭脂的青春，就是最美的妝，像鮮豔彩貝中一顆潔淨圓潤的珍珠，一下子吸住了我們的注意力。

夥伴們互遞眼色，「同胞」是共同浮上的念頭，她也投過來淡淡一瞥，清麗的眉眸了無牽掛，倒是她身後的制服男子，有那麼幾分戒懼敵意。

一起搭乘科航班機，飛往巴林島。波斯灣的風帆藏入沉沉暗夜，機艙內燈影柔媚，總忍不住要把耳朵伸長，並且試著由他們交談的鄉音，去翻閱記憶裡的地理課本，遐想一海相隔的這些骨血兄弟，在故國壯闊典麗的土地上，如何胸懷？

看著他們拘謹端坐，看著她鄰家女兒般的一身素淨，再看著滿座笑語喧嘩的珠光寶氣，我們的泱泱大國在哪裡？該用什麼方式來處理重逢？

巴林島過境，轉機，驗關劃位時我排在她後面，有幾分故意。

移動的長龍間，禮貌的維持咫尺的距離，卻分明是一道無法跨越的天涯。我搜遍枯腸欲言又止，而長髮深垂如簾，隔斷千呼萬喚的銷魂！

能說些什麼？對未出世就已訣別的環境，年輕的一代，該用什麼方式來處理重逢？那些近代史上血淚交織的事實，沉澱四十年後，還魔魘般堅持在眼前這個二十歲少女，背轉而僵硬的身子上。

快輪到她驗關時，終於開口問她：「能講中文嗎？」我不想讓她知道我聽過她那甜脆的嗓音。

微微點頭，她的回答果然是京片：「我是中國人。」

「我也是」，我說：「我的英文不好，待會兒驗關時請幫忙翻譯。」對這樣小小的詭計，她不置可否，輕輕一笑回頭。

驗關證件齊全，承辦的先生一語不發，遞過來往香港的登機證，她逗留在窗口，看著我辦好後默默離開，夥伴們擠過來一疊聲詢問：「你跟她說什麼？兩個人靠得那麼近。」

近嗎？在波斯灣的小島上偶爾貼近，僅是同屬他國過客的一種、較熟悉的邂逅罷了，雙臂能夠圈擁的距離內，依舊隔著一道煙波離亂的海峽，一樣黑色、深沉的瞳仁，撞擊不出一絲絲火花。

2 一張脫頁的詩篇

朝著太陽的方向，一路追趕。

七個小時的飛行，因為時差的關係，有一大半時間，機艙窗口都是曙光初透前的鬱暗。

對號入座時，她有明顯的侷促不安，她會怎麼想？這個方才藉故搭訕的對岸男子，會不會在長途飛行時尋找話題？或者，並肩七小時裡，讓相同的語言各自樊籠，像泥封的甕？

眼光滑過她左側一排制服；滑過她躲閃的垂睫，坐在她身邊。閉着眼，聆聽空中小姐說一些氧氣罩和救生衣的使用方法，並且感覺她像一座玉石雕像，冷凝謐定。終於，旅途困倦放肆潮湧，把我捲入夢底汪洋。

夢裡，浮沉着那片從未謀面的，海棠葉形的故國土地，看見許多淒苦挫抑的人臉，在烽煙和歲月交揉磨損中悄然萎落，竟有號泣，恍若至親血脈剝離的，碎斷肝腸！

醒來時，旁邊座位已空，整個機艙都在昏暝的睡眠中。機尾空姐休息的沙發上，她正就著窗口，望向逐漸透亮的晨曦，半邊瑩潤的臉頰，讓陽光薄薄的塗上一層嫣紅。

換上發下來的呢襪，柔軟無聲的走到她身後，問她要了一半的沙發，她答應了，並且更大方的分了一半狹小的窗口給我，雲如海，鑲金綴玉，在機翼下翻翻滾滾。

我的夥伴，和她帶領的人，隔著兩個空位，融洽地睡沉了。

交換着飄泊大漠的鄉愁經驗，相互傾聽那兩岸風景的描繪。不談身世不問姓名，更不曾觸動四十年闊別的結。可是，輕顰或是淺笑，低語裡幽幽纏繞著怨，都徘徊不去。註定別離的相知相遇，是生命書頁中一張脫落的詩篇，美麗的字句將如花般凋零，徒留教人心疼的殘豔。

這扇雲海霞光的窗，還有厚厚的，透明的玻璃隔絕風輕日暖，突然覺得這機艙內的冷氣，好冷。

3 永恆的戀

當所有惺忪的眼，被早餐時間叫醒之前，我們已在座位上，沉靜無語。

用一整年的思念，才換來如今飛奔向海島的愉悅，原該縱容思緒任由親人容顏去牽扯。因何——因何所有的纏綿，都指向身旁的女子？「香港快到了。」我說，右邊的夥伴歡呼應和，左邊，左邊定在書報上的眼簾悄然闔落。

無力靠著椅背，抽疼的感覺，自胸口一波波擴散，一向自認深默沉潛如我，在這一刻，竟讓少年情傷的滋味，如此折磨。

不忍這名女子甘入牢籠的絕望，而最牽腸的卻是故國神州，不可企及的永恆的戀。

香港是東方的淚珠，北京和台北從此各自天涯。

不敢牽手話別，不能相詢未卜歸期。

在一種邂逅之後……

暮雲深處

有時候，歲月如歌，鐵板銅琶高唱大江東去，或是綠楊垂柳一路輕吟淺唱。

有時候，歲月如酒，生命則是海納山藏的甕，釀著無盡的芳香。

一手挽住千古的孤獨，一手填譜；一心繫著永恆的寂寞，自斟自酌。如潮人海裡不求唱和的知音，酩酊世界中且作冷眼的醉客。

1 好風好景

一卷泛黃的書冊，一爐風流嫋娜的香，一盞熒熒的燈火，足夠了！足夠我在他鄉山水簷宇之下，坐看一夜秋雨飄搖的篇章。

原就偏愛古典的沖澹深邃，執著的在詩詞賦裡尋覓古人任性縱情的痕跡。我是一個飄泊在傳統和現代歧途上的浪子，那人世煙火繁華處，還有我最甘承受的紅塵。

因此，三個小時的縱貫鐵道上隆隆車聲，讓我自泉鳴石韻的牽腸中脫身而出，站在今夜的九如路上，望著一街流幻的燈影。

當他鄉羈旅的心情走過窄巷時，南國港都點點漁火都曾照入我夢魂深處，大海漁船的風帆，則是我最招搖的鄉愁。困居在都市的現代人，難免有著惘惘的鄉土尋根欲，而我這徜徉山水間的浪者，偏是要在燈光流麗的市街上，尋找一張等待的臉。

有風，挾著微刺的煙塵，揉亂我一頭浪漫的髮。計程車用一聲聲喇叭向我的背呼喚，更熱情的是急煞車後，探出的一張笑臉。篤定的相問：「少年仔，袜去叨位？」確定我頭髮上的波浪是搖頭拒絕之後，後車門砰一聲關住了「請坐。」一團猛踩油門的黑煙，移開擋路的車身，方向燈睨著一隻眼，彎腰嗆咳聲裡我聽不見它是否還惡作劇的說了一句珍重再見。嗯，或者前頭會有更需要港都熱情的路客。

計程車的盛情有些難以消受，而且成群的摩托車，在身畔作蛇行的姿勢，教人有一陣沒一陣的迸著雞皮疙瘩。山中歲月已久，竹林草叢裡紅口白牙的蜿蜒索影，還是我唯一的夢魘，走上騎樓吧！我是真的怕蛇。

騎樓走道上的水銀燈又明又亮，映現著繽紛的都市之夢。時裝委託行裡，一襲襲綺麗的長裙短衣，可以妝點少女的青春；那淺紅和深黑蕾絲的薄紗睡衣是限制級，只適合在最深的夜裡綻放風姿；皮鞋店內一雙雙孿生的船，就要並肩在人海裡出帆。家具公司桌椅沙發纖塵無染，冷靜的目虛著走過而疲倦的腿，一點同情心也沒有。有什麼關係呢？泡沫紅茶和快餐店可以及時填滿飢渴。那櫃台上的如花笑靨，正溫柔的以紅袖相招呢！

可能噬人的蛇獸，任它在一街流幻的燈河上自去泅泳，騎樓兩岸正是現代叢林裡的好風好景，可以讓人一路流連。

而更驚豔的是，有真正的紅花綠葉嬌媚招展在墨色落地門前，妝點的霓虹小燈泡七彩豔麗，像貪戀花香的蜂蝶盈盈。才剛訝異這般華美的裝潢店面是賣些何種昂貴的貨品，那個站在路口焚香禱告的侍者，竟熱情過分的跑出來勾肩搭背，硬要我進去那暗沉沉的屋裡，讓少女的纖柔素手為我梳理飄泊的風塵滄桑。再看看上頭典雅抒情的招牌，哎！又是這一頭被風吹亂的髮惹來的麻煩。

懷抱著古典的風色，隨著工程的遷移作一個浪漫山水間的拓荒者。白天是櫛風沐雨的盤古，在莽蒼的叢林裡，寫下現代開天闢地的傳奇，我沒有刻意修飾外表的心情。夜裡，呵！夜裡當山澗冰清的泉，把沾惹的山林野氣洗過，將還我一身剔透明淨的軀體。那時，燈下遼闊的世界，才是我最愛徜徉的天涯。

是的，是這樣甘願的職業牽絆，讓我逐漸遠離都市的光影喧囂，忘懷曾經目眩神迷的燈紅酒綠。當時年輕，昂揚的歌聲響在山巔水湄處，大江東去鐵板銅琶，睜眼相送韶華踏著行板錚錚而去。若有情柔低迴，則是戀侶相伴的姿影綺麗無悔，依依淺唱著生命的歌。

2 好山好水

才在繁華人間世度過那麼幾天，山裡熟悉的一景一物，彷彿多了一些嫵媚。集集支線的小火車在黃昏時，駝著被斜陽夕照羞紅了臉的雲采，到達終點站——車埕。

列車小憩之後，跨著兩條平行線，向著夕陽的方向歸去，落日天涯，回首暮雲都是一剎那湧起又消散的情緒浪花，再難撼動嶙峋的心靈礁岩。而月台很靜，像一齣悲歡離合的戲悄然落幕，人都走光了。

循著迂迴的河床向前走，一尾溪魚潑刺而起，一隻雉鷄長鳴飛過，新或舊的山煙水嵐，點塵不驚。青山停駐白雲，山澗綠波繞石，小小村落的人與事，依然一臉素淨。

這兒不是我的家，山腰的工地宿舍也只是流浪旅途的一個驛站。這個驛站裡下榻的客，把故鄉的燈揹在身後，而踩著思念的影子，任誰也說不得愁怨兩字。遇了愛上層樓的年少，中年況味的酒，都用歲月的陶甕裝著，沉在最濃最深處的就是那最叫人醉的心事。

曾經，山睡了，鳥睡了，在這樣已涼的秋夜裡，只有一彎煢煢孤白的眉月，掛在窗口，空自雪亮，卻像一把已鈍的鐮刀，切割不斷癡愛情腸。而一個醉酒的同事醒來，一曲高亢的〈故鄉的月〉未歇，突然嗚嗚咽咽地哭將起來，把一室深沉夢土的垂睫全哭成睜眼的貓，柔軟慵倦的伸出靈異的耳聆聽著。起先是吸氣和啜泣，像心事的甕口傾斜著，倒出一些酸苦的酒汁。後來是嚎啕的大哭中挾雜一兩句模糊的幹伊娘，一整個長夜，他在醉中曖昧的控訴著別離的無奈。聽的人沉默無語相勸，室內一片混沌莫辨的黑。

不喜歡用酒去把心事發酵成淚汁，在那迷醉狂歡的筵席上，鄉色酒一杯接一杯裝入肚內，只會在夜深人靜時，讓人反芻鄉愁的滋味。

因而，我常拿著釣竿，在這清淺的溪流亂石中，垂釣一些好山好水，傾聽苔蘚如何攀爬綠意，看那風搖樹舞和雲影天光怎樣動靜。

或者橫一管長笛，漫步月光圈點的山間小徑，吹一曲幽幽的笛韻，讓孤獨的人和孤獨的影相依相偎著譜一些甜蜜的纏綿，山中宿鳥不解旋律，嘀咕著直怪人擾它清夢。而固執的浪子從不在意這些埋怨，長笛一曲，父母皤皤容顏無恙，長笛再一曲，戀侶幽柔的美眸輕盈無怨，一曲曲長笛吹徹千古，直到今夜的眠床無須霓虹的光影殷勤裝飾。

白日裡揮汗工作，其實無暇體會青山白雲相愛的事，只有像如今這樣的黃昏，或者更深的夜裡，才能就著一盞笠燈，讀卷碌碌風塵。

牽腸人世，懸在百里外。燈下，書在案旁，筆在一側都癡癡相伴。揉掉一張憂愁的紙，再揉一張思念的紙……遠方的遊子呵！筆尖只准畫下歡樂的軌跡，讓倚閭的親人展顏，讓戀侶凝視天涯的娥眉舒展。

這樣的飄泊歲月譜不成歌，是酒，藏在生命陶甕中自斟自飲吧！莫要唱醉了就是。

河床轉折處，一隻孤飛的白鷺橫過眼前，沒入更深更遠的煙嵐裡。翼影純白無垢，彷彿千山萬水的塵意都不曾沾惹。猛一回頭，腳下走過的大小石頭錯落排列成崎嶇人間路，夕陽青山都在暮雲深處。

回首人間燈火

愛在山巔水湄處，遙望遠近高低的煙火。

一盞燈，闡述著一個人世家庭的故事，一個個故事，成就千燈萬燈的海。

多少悲歡離苦，匯集為紅塵浪潮，在生命的沙灘上來去衝擊，當最後一次巨大的浪花淹過，將剩下萎頓一地的細砂，無辜的曝晒在淒迷的月光下。

趁著還有燈火可以照亮眼睛，且攤一束稿紙；趁著宿命的巨浪未曾到來，且執一筆，記下曾經躑躅世途沙灘上，步步深沉分明的跫痕。

1 路燈

以路為家的人，總在異鄉耕耘著一片荒蕪的心田，種一掬寂寞深深的秋色，而年輕的思慮裡，飄泊不該等於孤獨。

因為這樣的緣故，我喜歡走上絢燦的夜街，看人潮熙攘，讓夜市燈影為我披上一身華麗的歡樂。街道兩旁，每間商店都用水銀燈明白標示著物品的價格，交頭接耳的顧客和老闆，正密謀著找出能夠相互接受的條件，衣飾，鞋帽，都被出賣了。

無須去擔心，那個站在椅子上叫著要跳樓的賣者，口沫會一直飛濺，而那一大塊白木板寫著觸目心驚的「倒店」兩字，只是一個小小的詭計。看他丟出衣服；看他收進鈔票，忍痛犧牲的懊喪神情底下，正有一朵竊喜得逞的微笑，偷偷的在嘴角眉梢綻放呢！

還有那挨著擠著的小吃攤，冷熱的煙氣，都能解人飢渴，胖廚師臉上寫著賓至如歸，我可以不必苦苦思念家鄉的滋味，肉圓加四神湯之後，酸酸的一杯檸檬汁最像心情。

或者手上牽扯著沉甸甸的大包小包，也和鄉愁無關。市街流連幾回，把夜踩沉踩沉的歸途中，只剩兩排並列的街燈，左一盞，右一盞，將路挾持著直奔天涯。

而天涯正是浪子的家。

2 漁火

防波堤上，左眼小村炊煙散漫，右眼海天接壤處，夕陽如火。

小小的漁港，一艘艘馬達木舟回返避風港後，人聲開始嘈雜。簍筐裡冰冷躍動的弧影，還帶著海洋的鮮腥味，魚販子穿梭往來，仔細的辨識著魚族的身分。

晚霞夕照，勾勒出大海子民胳臂筋虬的汗珠。豪放的笑語和猩紅檳榔汁的「呸！」，把波濤險阻的噩夢一口吐掉；把漁獲量的價值敲定。錨拋纜結，漁船溫婉的睡在波浪的搖籃裡，暮靄漸濃如墨，機車雙載的儷影歸向漁港燈火處，今夜的眠床，無風無浪。

流浪的人還在防波堤，看那日落月昇。

月昇了，港內還有另一批夜航的漁民，在月華清冷的漁船上點起一盞燈火，尋著潮起潮落的路，悄然航向大海遙遠處——那些魚兒的故鄉。

向著大海討生活，終日和煙波為伍的男子漢或許不會瞭解，家中屋前該補綴的漁網，編織了多少妻兒懸念的思緒；打了多少憂心忡忡的結？

而防波堤上，支顎沉思的浪子在想些什麼？眼前這般淒迷的漁火，像不像鄉間老厝昏黃的燈？最牽腸的是雙親漸老的容顏，今夜能否再入夢魂？踏著異鄉篤實的土地，因何思緒還如波如浪，層湧不歇？

都是生活，教人長別離！

一邊是逐漸攏入月色的凝止的燈；一邊是大海中搖曳的火，一動一靜之間，要如何紀錄悲歡？

3 夜景

由機艙的窗口，看著機翼拉下，聽著引擎滑輪巨響，波音七四七在新加坡降落又飛起。

在寶島的土地上流浪，雖說把百里看作天涯，卻是還可以接受的距離，只要一張車票，幾個小時的隆隆車聲，南國到北國，奔馳的鐵軌上任人從容的反芻鄉愁。

而奔赴另一個陌生的國度，萬里雲煙在機翼下翻滾，心就不曾平靜過。此去經年，經年。再與見之間，還相隔三百六十五個白晝和黑夜。

新加坡過境，免稅商店光亮華麗，擁擠的人群洋溢著椰風銀浪的氣息，中南半島的人民，膚色驕傲的讓陽光炙黑，潔白的牙齒在燈影流漾中喧嘩暢笑。

異國、他鄉、過客……一連串孤獨寂寞的字眼，悄悄排列在心頭。

目的地在遙遠的七小時航程之外，當夜暮完全垂下，七四七直破星空而起，整個新加坡的夜景就在眼底。

那是一種淒美的震憾，暗夜沉沉裡，一方晶瑩的大都會。用燈火霓虹鋪成火樹銀花的綺麗，迷惑了我這見慣市街夜巷的眼。燈輝剔透的大樓，像霞光流轉的八角琉璃柱，眾生皆在這片光幢裡，各自安身。飛機愈飛愈高愈遠，層巒山海在夜裡逐漸杳然，這一方綺麗世界愈來愈小，一直縮小到彷彿大片墨絨上一顆閃亮的鑽戒。

而鑽石的美，永不永恆？我不懂！只因那刹那的驚豔之後，旅愁如網，很快的把我困入顛顫的夢鄉中。

忘不了的是：那人世燈火繁華處，竟大有霎眼即過的淒涼。

4 篝火

黃砂烈日的大沙漠中生活，最難堪的是什麼？

在沙烏地阿拉伯的達納沙漠，度過了整整兩年，白天火般的陽光炙烤著，令人昏眩的高溫下，依然揮汗追趕工程進度。夜晚稍涼的沙漠，也是一個神秘的未知世界，狐鼠蛇蠍出沒，竟是不敢灑脫踏一路履痕，去品析異域月夜的浪漫。

最難堪的不是這些環境對身軀的折騰和拘限，是鄉愁！那些多少流浪日子裡，自誇早已習慣了的情緒。

天方夜譚的市街，蒙面女郎婀娜走在可蘭經的沙塵裡，即使霓虹市招，殷勤召喚著異國遊子漫漫的眸光，那心中長別離的哀號，還是悄悄在夢魂裡輾轉反側。

曾在月色正美時，驅車深入紅沙漠。兩岸沙丘如浪，溫柔曲折。沙漠煙塵收斂了白日暴烈的態度，以沉潛嫻雅的心情睡在月光裡。停車熄火，然後爬上吉普車頂。夜幕四垂，晶瑩星子彷彿伸手可及，而夜風微涼，灌木枯枝蜷曲成球，一顆顆都休憩了。

這般凝止祥和的月色裡，最適合做些什麼？旅人的「吉他」沒有揹著，那叮咚琴韻只會叩響夢的窗櫺，讓人不能安眠。熱切的牽腸掛肚，隔了千重山萬重山，如何相思都無濟於事，只有明月正在中天，而羈旅削減的雙頰，已清瘦得不堪浴月。

把吉普車換至加力檔，四輪傳動爬上沙丘高處，登高望遠，但見沙丘層層疊疊，微漾如波，彷彿一座月光的海洋。令人不可置信的是：那大沙丘底下微凹處，竟是成群的羊和幾堆篝火，在兩三座帳篷前。羊群已安靜，篝火燃燒成一堆溫暖的餘燼，微微透著暗紅。

知道沙漠中，有這樣逐水草而居的遊牧家放，也看過黑紗斗篷的沙國女郎執竿驅趕羊群而過的情景。卻不曾想過，會在這般萬物俱皆凝止靜寂的沙漠深處，如此相逢。

圓圓的篷頂，盛不住流瀉的月光，有一半照在帳邊屈膝跪伏的駱駝身上。長頸向月，閒閒咀嚼著如水的月明，能反芻些什麼呢？鎮日沙海行舟的飄泊滋味嗎？

駱駝微闔的眼，有幾分困倦風塵的慵懶，吉普車內，浪子垂睫凝思，該不該銷魂呢？飄盪的日子會過去，遙遠的寶島仙鄉，南港都是我的家鄉。和眼前這永無止日的流浪牧者相比，竟有愉悅，像漲岸的潮水，溢盪我嶙峋的心情礁巖。

家，即使遠在望盡天涯的天涯盡處，那一盞確知有人癡守盼歸的燈，兀自暖暖的在我心頭亮著。

5 溫柔的燈

像一個剛下榻的客，家是我今夜偶駐的驛站。

皤皤雙親喋喋相詢，用句句平安無恙作答，雨露風霜，都在藹然微笑中化作已逝煙雲。

童年記憶裡，不識字的母親偏愛聽琅琅書聲。總是拉張椅子就著書桌旁補綴舊衣，並且叮嚀著要大聲點唸，才不會打瞌睡，偶爾替她引線穿針，總會得到一句愛的讚美：「囝仔郎目睭真金。」那時，一盞昏黃的燈，把血親至情，溫馨的圈在記憶裡，永不磨滅。

千燈萬燈的人世家庭，都有一盞這般溫柔的燈，讓慈母手中線，縫得住闊別生離的歲月；讓遊子身上衣，裹得住心頭的悲風苦雨。

因此，山濱水湄處，駐足回首，望向人世煙火，我會忘掉飄泊的日子還很漫長，因為在那親切紅塵裡，我，也有一盞燈。

好一個秋

微雨早寒的秋晨，山腰佛寺前階梯，屈膝支顎的我，像羅丹的塑像，固定在石台上，坐得有些僵了。

寺名慈德。依山臨淵，谷底一溪濁水翻浪，兩岸青山無言，一動一靜，相峙悠悠千古。背後大雄寶殿內，如來佛祖居中，普賢文殊分侍兩側，金身雖然華麗莊嚴，卻都是一般慈顏凝眸，垂憐觀照。想來不至於怪我擅闖淨土擾人清夢才是。

如此，便可把那執帚掃落葉的灰衣老尼，投過來幾次驅逐和厭煩的眼光，視作等閒。「這個不上香不禮佛的男子，大清早跑來幹麼？」或者，這老尼眉頭正鎖著這樣的狐疑。

是她眼拙吧！我已來過多次，通常是下班時候，特地拐個彎，到此小坐一會。看濁水溪悄悄吞落紅日；集集大山扯攏夜幕，那一高一低齊飛，準時歸巢的白鷺鷥夫婦，和我算來已是忘機友，只不過，哎！一個是純淨無垢的絕世姿影，一個則是滾滾風塵的俗客罷了。

這樣的感慨，其實沒啥道理，也不切實際。大時代環環相扣，想要自營一份閒雲野鶴的生活，難！哪兒不是人擠人呀？元曲裡馬東籬可以找得到落花水香茅舍的耕讀環境，如今隱居以求志的孟東籬，就只好避入東部濱海一隅，作一個被現代放逐的魯賓遜。再說，想揮出慧劍，斬斷塵緣牽連，最後也僅止於「想」而已。梭羅在湖濱住了一陣子，還不又回到城裡，人哪！真要忘情世事，談何容易？

是不是可以退而求其次？尋一個無爭求的角落，從容梳理糾葛纏繞的情緒，細分的分門別類，決定或藏或捨，更要清楚明白了才罷休。像隻受傷的獸，躲入隱秘而荒涼的洞穴，舔著痛處，痊癒了，再回到莽莽荒野，去為生命存續作另一階段的奮鬥。

這也是我今晨來此，哲者般苦思的原因，山腰佛寺，是我療傷的地方。

陽光還未醒來，微雨如煙，山城水里倚躺在濁水溪北岸斜坡，裹著浸露的露紗，睡得眉目盡皆朦朧。收回遠眺的目光，山寺牌樓綠琉璃瓦蓋頂，白玉柱上楹聯燙金大字，如此鮮高：

山外馬足車塵世路不知何時盡
門內巖花澗月禪心應自此中生

山外世路車塵馬足，這話說得很客觀，生死寂滅的法輪長轉，就不免催得人腳步匆忙，熱鬧繁華也就在這來去之間，倒無須去追問何時盡。撼動我的是「巖花澗月」四個字裡清絕幽絕的文學意象，仔細咀嚼，竟似有些癡了。

墨沉沉的奇岩上懸空一葉幽蘭流丹，極剛至柔，相安無事。深澗綠水靜緩流逝千百載人世芳華；天心一輪月圓虧而復盈，永不只息的生機和不回頭的決裂，互輝互映，所有的大衝突大和諧，涵括在短短一句「門內巖花澗月」禪心，該因此而生，若有佛骨慧心的話。而我知道，我沒有，我不是！

即使心中滿溢著悲涼的感動，也純屬文學性。我很難詰問自己偶爾的多思易感，就像昨夜夢裡一場迷昧的風雨，醒來只覺心路泥濘不堪行。或者，是因為季節遞換，而秋天的心情，果真不小心就會疊成「愁」字嗎？自認早已擺脫為賦新詞的年紀，然則，選擇這座半山佛堂俯視青山白水，是不是另一種形式的愛上層樓？

人情世故漸臻圓熟，財富職業一舟雙帆尚稱平穩，因何生命海上仍有不甘的暗流洶湧？偶有突起的心潮激浪，便不是書中哲理思辯奇正的堤岸所能圍堵。嘗試著文學創作，企圖以筆代鋤，挖溝掘圳，疏導會叫人沒頂的洪波，怎知夜燈下攤平稿紙阡陌，獨行的一行痕印深深淺淺，竟是愈走愈覺天地寂寞。

曾經如焦渴的奔驥，貪心汲取文學甘泉，推敲字句的奧義，專注若夜歸尋門的僧。欲待攀登的書堆如山，沿途泉鳴石韻野樹啼禽，愈攀愈奇愈險，卻見一峰連著一峰，綿延遠去，回首來時路，有涯人世，驀然已是斜陽日暮。

是的！明白了人壽的有限，便有了不能盡遊的遺憾，豁達的勘得破，登高時不須愴然淚下，縱或眼前飄零落葉的顏色，片片訴盡歲月蒼黃，何妨說一聲，真說一聲：「好個秋！」

就這樣吧！站起身，濕潤的空氣中浮漾著淡香，仔細搜察分辨，香氣來自一欉桂樹的碎點黃花，來自臨崖招風的檳榔樹，還有濃濃禪意的沉檀味呢？不知何時，大雄寶殿內，鮮花素果淨香戒壇早已擺置分明，地板上七八個老少比丘尼，各自佔據一個蒲團，趺足端坐瞑目，細看一會，倒似猶有幾分渴睡的模樣，不若佛案上醒張著眼的木魚，來得精神。

離開慈德寺時，鐘聲響起，沉重緩慢的咚嗡餘韻，翻翻滾滾於千澗萬壑之間，緊接著一陣女聲梵唱，追趕而來，回頭一眼，晨曦趁著墨夜織就的一疋金澄絹錦，正自最高的山頭披展下來，雨已停。

雨停了，來時鬱暗的山徑，已薄薄敷上一層，清柔明麗的天光。

夢

我永遠記得，第一次和他見面的情景。

那時候，部隊駐紮在牡丹灣附近的山地管制區內，逢著假日，當兵的夥伴全出了營區，各自奔波山外燈火輝煌處。只我一人習慣獨訪山水，在那般強說愁的年紀裡，想像自己是個揹著七弦琴，四處尋找飄泊風霜的古詩人。

就那一日，黃昏。我循著山路單獨漫遊。左邊丘陵迤邐，婉約清麗，右邊太平洋海岸一線翻騰的白浪隱隱傳來潮聲，山道上落滿了相思樹微黃花球和斑駁枯葉，傾聽著腳底凋零憔悴的微細聲息，我轉過一處山角，又一處山角。

再拐個彎，四周竟是飄流泌涼的雨霧，彷佛走入一朵濃雲裡，幾分寒意。抬頭才知是古榕，一棵巨大的古榕，自巖崖下伸出猙獰枝幹，撐起一把遮天蔽日的傘。主幹遭過雷殛，大半焦黑朽蝕，鬚根橫向山壁鑽石掘土，長得反倒比主幹還粗壯。乍看一眼，感覺古榕正弓著身，七手八腳的要攀爬上來——就在榕下蔭涼處蓆地冥坐時他來了，帶著歲月驚心的步伐，在我少年純淨的生命白紙上，烙下一行怵目醜惡的痕印！

——我的確忘不了他，是他讓我從此有了一雙世情淡漠的沉深眼眸。

而我還那麼年輕。世間原有許多我摯愛的人事，值得我千軍萬馬向風砂執戟，因為他，讓我將喝叱奮戰的歲月，提早在杯酒碗茶中無言釋手！萬般紅塵綺媚，竟是因他而映不出我深潭般眼眸裡一絲微蕩波光！

——若說我的生命原是一篇順暢平穩的文章，便是他在第一次見面即嘲弄得為我畫下句點！讓我在行文的段落處，不自覺的寫上太多問號，寫下太多對生命產生質疑和頹廢的問號！

向妻子提起他，妻正蜷伏在我懷中輕撫我胸膛上的汗珠，她妮著聲音說：「我要你相信我，你永遠，永遠都會這麼強壯！不准再想他，我會吃醋。」當我忘了第幾次提到他時，妻有點嗔有點嬌：「呵！老聽你唸著他，結婚都五年了，還不帶我去瞧瞧。」

七年後，情人捧著我的手貼著她的頰聽我說他。她深情而憐惜的看著我，慢慢搖頭：

「我不信！我也不要你相信他，你還要陪我走很長很長的路。帶我去看他好嗎？我要跟他一樣一直留在你記憶裡。」

我沒帶她去。我怕找到他時再度面對那錐心刺骨的絕望！一份軌外之戀的滋生緣由，只因她說過：「我抗拒不了你風塵滄桑的眉眸。你的眼睛，彷彿前世被我遺忘的一口幽深古井，你曾為我殉情過！你就是隔世尋來相討情債的舊侶，我——甘願還！」

——飲婚姻愛情的烈酒，並不能讓我醉後將他忘卻！我只好選擇以文字刻舟，操筆作槳，划入哲理思辯的暗礁湍流，孤獨尋覓人間智慧的樂土，將自己生命的真相埋葬。

十年後的今天，情人和妻子一起離開我，她們承認無法剝除或共賞他在我生命底層塗抹的晦暗顏彩！我終究是一個人尋上山來。輕踩著油門，慢慢自車窗兩旁山水裡，印證從未淡忘的歲月風景。一處山角，一次驚心，古榕呢？那崖壁攀爬著的古榕，在是不在？

在！依舊是一方森森鬱鬱的陰影，遮斷山路。

搬出折疊椅，躺著。塵世愛慾十年奔波的困倦如潮，融漾入寂寂荒山喧嘩中。鳥啼、蟬鳴、風翻葉浪，愈響亮的恍惚山籟裡，一個飽滿蒼勁的語音入耳：「你來了！」

是他，他還是一樣老。黃褐鬚髮仍然糾纏整個面目，還是一襲綠亮短衫、虬屈粗長的拐杖。同樣的笑容，依然笑成臉上紋摺細細密密，那雙嘲諷的眼睛，仍舊針尖般亮。

「是，十年了。你一點也沒變。」

「山居不服歲月管，再過十個十年，我還是我，你卻未必是你了。」

「樹齡千載，人壽百年，再一次天打雷劈，你也未必是你！有什麼好驕傲的？」

「好！你若是明白，萬緣俱在劫中，十年紅塵迷夢，你醒是不醒？」

「十年前，你狠心讓我目睹命定寂滅的景況，如今，我不害怕了，再讓我瞧一次！」

他放聲長笑：「一念幻生，劫起劫滅，看來！」

風乍起，湧動一陣冷霧，凜冽冰涼襲上身來，激出我肌膚畏寒微粒。我看着自己壯健的軀體漸枯漸瘦漸輕盈；感覺歲月慢慢染白黑髮，收捲臉上紋摺，只剩下一雙眼睛猶自清亮，智慧深沉分明的亮。正和他相親了然微笑。

「外緣無定相，生滅俱由心，如此文采蘊藉的儒老，就是你。」他沙沙的笑聲散入天風，身影漸渺於煙嵐深處。我霍然清醒，彷彿沒有睡過，古榕枝葉輕翻搖舞，道別的手勢。

十年前的一場夢，夢裡，我是萎頓慘厲的病榻一老！

婚姻・婚姻

1 紅塵和西天

知道阿貞離婚，屋子外頭恰是沉雷鬱吼之後的傾盆大雨。典型的夏日午後雷陣雨！我午餐吃得晚，才會被驟雨關在阿貞的素食館裡。自助式的餐館，用餐時間客人一窩蜂的來，餐後一窩蜂散了。午後三點，西北雨聲色俱厲，我走不出去，大概也沒人會冒雨過來，小小冷氣素食館裡，就剩下我和阿貞這個漂亮的女老闆。

三十來歲，清瘦典雅，但語音嬌脆，笑靨如花。有時候我會逗她，說她是現代版文君當爐，許多沒有戒口的人也來吃素食，怕都屬驚豔而來。偶爾話題牽扯上她的信仰，我們也會辯論好一會兒，她說我這寫文章的，以文學入世，說盡七情六慾，可能就在文字障裡一世糊塗！我笑她老公、孩子懸在心頭，阿彌陀佛掛在嘴邊，心口不一，紅塵和西天，恐怕兩頭落空。

玩笑罷了！她堅持傍依佛門，守戒布施修她的來世，我才不肯評論對錯。只提到她丈夫時，她不願多談：「人不可靠，我靠佛祖疼惜。」

察覺她眼中一絲陰影，烏雲般掠過她晴朗的笑容，我也微笑岔開題，不去探觸她隱藏的雨意。因為驟雨容易泥濘心情嗎？阿貞等我吃完飯，翻著報紙時，坐到我對面，清脆的說：「我離婚了！你看，協議書上印章都蓋了，等這一天，我等了十二年。」

玻璃門外剛好亮起一道閃電，雷聲隆隆逼近，雷聲一停，阿貞又說了一遍：「陳大哥，離婚不是很可怕的事吧？看你的表情。」

2 懷古念舊的後現代女子

我有一個文友，有點後現代，結婚五年，總覺得她不很承認婚姻制約的必要性。她寫給我的信中，常常會透露她那思想脫韁解鎖的不安。

「好懷念單身女郎的那段日子，逛街、看電影，假日旅遊。總而言之，有一大把的時間，可以去做自己喜歡的事情。哪像現在，上班和家庭，把時間分成零零碎碎，連跟好朋友寫封信，都得半夜爬起來……」

「不喜歡提我的婚姻，其實也是怕自己太認真去思考婚姻問題。現在的情況是他喝酒打牌，假日他和一群狐朋狗友混在一起，說是消除上班壓力。非假日下班當老爺，電視是他的最愛，我和他好像講不了三句話。有一次，我請他顧孩子，我想報名府城老街巡禮的活動，一個禮拜天而已，他竟然要我帶兩個孩子去參加活動！理由是牌友們早約好了。我只好放棄，孩子小，古蹟之旅對她們而言，太熱又太枯燥。」

「勸合不勸離，這是傳統觀點，凡事往好處想，這也是鄉愿的說法！陳大哥，我沒有說你不對，我只是懷疑和不平！為什麼生孩子養孩子都是女人的事？被叫做『母親』的這個女人，想要一點點心靈的空間時間，就得和男人吵上一架，還被冠上不守婦道，不安於室……」

「我不會離婚，不會！週末晚上，我和老公吵架，他還是出去了，所謂衛生麻將，哪次不是通宵達旦？我在房裡生氣掉淚，兩個孩子走過來偎入我懷裡，小姐妹花眼底都是淚水，我怎能狠心毀棄兩個小寶貝完整的生長環境，我決定，不再找他吵架了。」

「孩子睡了，電視關了，冷氣機的聲音我用CD音樂輕輕覆蓋，在這樣靜冷的週末深更，和遠方好友佳朋寫信，真是享受。可是，我老把婚姻中的心情全盤托出，會讓你讀得很乏味，對不對？我向你保證，我再也不提我那乏味的婚姻了。」

她果然不再提婚姻，也可能和她老公慢慢達成協議了，除了醫院的工作外，她加入了「府城古蹟解說員」的訓練課程。每次信裡，我總會接到她附上的一些導覽資料，並且聽她訴說撫觸古街老廟的滄桑悲涼。

這個懷古念舊的女子，終究沒有屈服傳統婦女的認命和甘願，她最後一封信，沒有留地址。她說：「我和他已經分手。許多事情要解決，許多心境須調整，目前我搬離家庭，居無定所，待一切塵埃落定，再跟大哥您聯絡。」

3 桃花

同事小王直腸子性情，平常口無遮攔，喜怒哀樂明顯寫在臉上，只他鬧離婚的事情，一直瞞得好緊。

有一陣子，他改變了回家的習慣，台南到台中天天上下班！工程人員，誰人不把他鄉當故鄉？有人勸他最好按照飄泊規矩，一個禮拜回家一趟，何必那麼辛苦？有人笑他，結婚三年了，又不是三天，莫非得窩著老婆才好睡？

他悶著臉，抿著唇，眼神悲憤惶急！每個人都發現他瘦了，消沉了，那個嘻嘻哈哈的小胖子不見了！每個人猜也猜得著，他的婚姻出了問題。

雖說「清官難斷家務事」，但同屬飄泊族群，情誼卻似兄弟，我還是找他來談。問題果然不小！他那更年輕的妻子犯了桃花，和她辦公室的男同事，譜出新戀曲！

問他有無真憑實據？沒有！但許多蛛絲馬跡顯示他的懷疑並非全無道理。我苦口婆心替他分析，還是叫他盡量往好處想。如果妻子還肯隱瞞事實，表示尚未決定放棄原有的世界，重要的是別讓「懷疑」兩字，將她僅有的一絲不捨割斷！對她好，讓流失的愛戀回到婚姻生活。也許，因為人隔兩地，加上外面的誘引，妻子只是暫時迷惑而已。

我愈說愈沒把握！以家庭而言，介入第三者，悲劇收場的可能性最高。假若站在他妻子的角度出發，沒有孩子，而丈夫因為職業，注定一生飄泊在外，她的柔弱和寂寞必須自己打理！此時正好有一份情愛，能夠讓她重新抉擇自己的生活方式，一紙婚姻的制約，未必就能拘限她奔逃的靈魂！

然後小王，粗線條的漢子，又如何要求他能密織情網，溫柔牽扯一顆即將背離的女人心？不到兩個月，小王不再天天回家！甚至很過分的一個月才回家一趟，他只是回去看他父母，送生活費。

妻子？小王說：「走了！嫁給我們這種流浪的人，不見得幸福，也好！並不是每個人都適合婚姻吧？看開了。」

他的看開，就是一頭栽進吃喝嫖賭的行列！少了婚姻的約束力量，我只能眼睜睜的看著一個年輕男子，在他生命的轉彎處，岔入歧途！

4 帶領兒女自火宅脫身

隔個三五天，我仍會去阿貞的素食館吃晚餐。

感覺她的眼睛變大了！又黑又深，再仔細點看，原本削尖的下巴更尖了。當客人全走光了的時候，她還是跟以前一樣，從冰箱裡捧出一盤水果，坐到我對面。

她說：「半個月，我的體重減輕三公斤！原來離婚對女人而言，才是最佳的瘦身美容方式。」

帶著微笑，她主動說出離婚的理由：婚姻暴力！甚至婚姻強暴！酗酒的丈夫，不聽她任何規過勸善的言語，憑藉雄性動物的氣力，恣意欺凌辱罵！她承認學不來佛陀捨身飼虎的神通，去渡化野獸般的枕邊人，但能夠帶領一雙兒女自火宅脫身，她已經可以面對佛祖而問心無愧了。

她瘦下去一段日子，又慢慢胖回來。胖回來的她，慈悲圓滿，那張臉，像極了素食館牆上掛軸裡頭的觀音。

素食館生意更好了，那天，我聽到一個老婦人朝阿貞說：「素貞仔，才多久無來看妳，妳哪會變卡水？妳彼個沒路用尪婿呢？伊有擱天天醉無？」

阿貞瞄了我一眼，唇角含笑，朝那婦人說：「阿祥婿仔，妳敢無知影我離婚的代誌？真的，沒講笑！哪無，我按怎會變卡水？」

5 鎮痛劑

「死生契闊，與子成說，執子之手，與子偕老。」這句被傳誦千古的誓言，究竟是男女婚前說的？還是婚後說的？若是婚前熱戀癡語，可信度不高！如果是婚後，必須是婚後幾十年？才說得出這般千甘萬願的言語？

因為不使物種滅絕，誘引男女依偎貼近的求偶天性外，群體社會依循的婚姻制度和約定，能不能涵括「人類」忠奸賢愚癡傻癲狂的多重性格？

不能涵括時，應該強迫怨偶終老？還是師法分飛勞燕，各覓他枝？

也許，蘇格拉底也想到了中庸之道：忍！像兩顆石子互相琢磨它的稜角，期待歲月沉深遲緩，慢慢麻痺了擦撞的痛楚！

也或許，還有各類品牌的鎮痛劑，可以舒緩婚姻調適的疼！譬如名利權勢，譬如琴棋書畫詩酒，甚至稚兒幼女甜蜜的微笑，某一次床頭枕畔濃冽的愛慾交纏……

我想起我的婚姻，夫妻倆除了上班，老婆另外研習花道，晚上在花藝教室開班授徒，我則沉迷文字之美，孜孜不倦筆耕，算來亦屬鎮痛劑服用者，十幾年來，尚無藥物過敏的現象。

突然希望能夠和我那文友筆談，有那麼多選擇，離開婚姻這條路後，單飛的日子裡，可曾有過些許憾悔？

6 類固醇男人

我更心疼小王，他一日日憔悴瘦損！勸他不醒！剝離婚姻的痛苦，成為他尋找麻醉的理由，他也說他需要鎮痛劑，嫖賭飲卻是類固醇！即使另有姻緣的跑道，他已失去競逐的資格。

我因此想對婚姻，小小說出自己的觀點：婚姻得失並不可怕，重要的是人性善美的堅持和勇氣，只有一雙自足圓滿的男女，並肩走上婚姻險路，才能互倚互持，度過危巖惡峽，共賞人世綺麗風景。

這仍有幾分鄉愿的觀念。也許後現代女子和類固醇男人不盡同意，但我相信，換好衣服出來的蘇格拉底會朝我微笑點頭，說：「是！」

仇

終於能夠確定，駕駛座車門上那三條又深又長的刀痕，就是車停自家門口時被刮的。昨天晚上十點，他才看了一遍三條刀痕，今天早上出門上班，多出一條，這第四條刀痕更深，更長。

這真是讓人為之瘋狂的鳥事！卻偏讓自己碰上。他把車子開到巷口，狠狠按住喇叭，兇惡的逼停左方來車，右轉衝了出去。

一路搶黃燈，走機車道超車，比不守規矩的計程車更不守規矩。到公司的時間比平常快了十分鐘，熱熱火火的情緒還未平息。坐在車裡一會兒，重複的提醒自己，冷靜，冷靜！然後下車再次審視門上刮痕裡隱藏的惡意。

當然是惡意！第一條刮痕已見鏽蝕，那是三個月前買新車那個禮拜的事，純黑車身翻出一條白色細紋，相當醒目，第二、三條往下排列，更是刺眼。同事們都說：「跟人結了什麼深冤大仇了？你的火爆脾氣不改，哪天這刀就劃到你身上了！」

第四條刮痕很顯然是同一把刀！他背脊有點發冷，真有人這麼恨他？而且就在住家附近。車門的刮痕是昨晚出現，昨天白天發生什麼事了嗎？沒有，前天？也沒事，大前天下班，在巷口跟兩個騎腳踏車的高中生差點擦撞，黃昏時視線最差，那兩個學生還並排騎車，而且是他們自己受到驚嚇才摔倒的。他等學生扶起單車，問清楚沒受傷才訓了他們一頓，口氣兇了點，是要他們懂得驚惕。這樣的偶發事件，也會留著怨，留著恨嗎？

騎單車的學生家住巷底，但不會是他們惡作劇，第一、二、三條刮痕出現時，他還不認識那兩個學生，何來怨恨之說？

要說有怨有恨，老婆才是。上個禮拜六，孩子成績發單下來，一退退了十二名。早說好進步有獎金，退一個名次打一下。孩子主動拿過來藤條，趴到桌上，老婆瘋了一樣過來搶棍子，他把她架了出去，反鎖住門，拿起藤條。

國中二年級了，馬上要面臨嚴苛的高中聯考，卻一天到晚只想打電動玩具，怎會瞭解父母親恨鐵不成鋼的焦急心情。他唸一個字，揮一次藤條：「愛、之、深、責、之、切。

你、要、痛、定、思、痛！」

管教孩子的理念，和老婆完全沒有交集，看到老婆幫孩子抹藥，一邊哭一邊抹，他更生氣！不理老婆尖叫著追打，他執意拿走藥布棉花。隔壁胡太太過來按門鈴。「家務事，不用妳管！」他吼了回去。對面老鄭也來勸架，氣頭上可能沒給他留面子，為了孩子，他寧可不要老婆諒解，寧可得罪全世界。

才得罪左鄰右舍這個小世界，一扇車門就毀了！誰呢？不會是巷底那兩個學生，老鄭？斯斯文文的老好人會做這麼缺德的事嗎？胡太太？還是胡太太那個遊手好閒的老公？上班一整天，一個個問題哽得心理好難過。

個性也許剛硬，但自認行事坦蕩，可對天地。下班前他下定決心，找，把這個人找出來，問清楚，是他錯，賠罪都行。

晚餐時他宣布了計畫，躲到車裡抓人，拿了條小毛毯，他在十一點左右進入車內，睡到天色濛亮才去上班。鐵皮車子擋不住夜露寒霜，他有點感冒。第二個晚上更嚴重，第三天，半夜裡他在車內猛烈咳嗽，昏沉沉的正想放棄守候，車窗外突然有人影晃動。是孩子，孩子長高了，他幾乎有些感動的看著孩子瘦高單薄的身子，正慢慢靠近車門。

孩子輕聲央求他回房間睡，他沒答應，一邊咳嗽一邊把孩子趕回房子睡。隔了一會兒，孩子拿了一床棉被擠進車內。密閉空間縮短了親情的距離，他第一次和孩子說這麼多話。孩子真的長大了，某些思想言語，也許偏執叛逆，但換個角度看，卻是個性！他彷彿看見遙遙遠遠的另個自己，正年少輕狂。

第四個晚上，老婆、孩子拿了餅乾和熱牛奶一齊擠了進來，一家人好像忘了躲進車子的目地。他摀著濃濃的鼻音說：「小孩昨天才讓我傳染感冒，怎麼連妳也進來，通通出去！」

老婆推了他一把，說：「誰理你？我們是親人，不是仇人！要感冒大家一起感冒，我才不在乎。」

他也不在乎了，第五個晚上，他準十一點進入車內，有了昨夜和老婆孩子的一場依偎交談，他其實已不在乎能不能找到視他如仇的破壞者了。

他只想進車裡坐一坐，重溫昨夜那種屬於甜蜜家庭的芬芳香味。

才坐定，就發現那把紅柄瑞士刀！他買新車不久就弄丟了的那把多功能瑞士刀，正擱在儀錶板上。刀尖已折斷，刀刃卻仍森森冷冷的，泛著寒氣。

國家圖書館出版品預行編目資料

〔黑手筆記〕荒原之狼 / 陳秋見著. --初版. -- 台中市 : 晨星, 2015.04
320面 ;　公分. -- (晨星文學館 ; 54)

ISBN 978-986-177-976-8(平裝)

855　　104001095

晨星文學館 54

【黑手筆記】
荒原之狼

作者　陳秋見
主編　徐惠雅
校對　徐惠雅、沈詠潔
內頁編排　張蘊方

創辦人　陳銘民
發行所　晨星出版有限公司
台中市407工業區30路1號
TEL：(04)2359-5820　FAX：(04)2355-0581
E-mail: service@morningstar.com.tw
http://www.morningstar.com.tw
行政院新聞局局版台業字第2500號
法律顧問　陳思成律師
初版　西元2015年04月06日

郵政劃撥　22326758（晨星出版有限公司）
讀者服務專線　（04）23595819＃230
印刷　上好印刷股份有限公司

定價320元
ISBN 978-986-177-976-8
Published by Morning Star Publishing Inc.
Printed in Taiwan

◆讀者回函卡◆

以下資料或許太過繁瑣，但卻是我們瞭解您的唯一途徑，

誠摯期待能與您在下一本書中相逢，讓我們一起從閱讀中尋找樂趣吧!

姓名：__________ 性別：□男 □女生日： / /

教育程度：__________

職業：□學生 □教師□內勤職員 □家庭主婦

□企業主管 □服務業 □製造業□醫藥護理

□軍警 □資訊業 □銷售業務 □其他__________

E-mail：__________ 聯絡電話：__________

聯絡地址：□□□__________

購買書名：【黑手筆記】荒原之狼

・誘使您購買此書的原因？

□於 ______ 書店尋找新知時 □看 ______ 報時瞄到 □受海報或文案吸引

□翻閱 ______ 雜誌時 □親朋好友拍胸脯保證 □ ______ 電台DJ熱情推薦

□電子報的新書資訊看起來很有趣 □對晨星自然FB的分享有興趣 □瀏覽晨星網站時看到的

□其他編輯萬萬想不到的過程：__________

・本書中最吸引您的是哪一篇文章或哪一段話呢?__________

・請您為本書評分，請填代號：1. 很滿意 2. ok啦! 3. 尚可 4. 需改進。

□封面設計______ □尺寸規格______ □版面編排______ □字體大小______

□內容______ □文／譯筆______ □其他建議______

・下列書系出版品中，哪個題材最能引起您的興趣呢?

台灣自然圖鑑：□植物 □哺乳類 □魚類 □鳥類 □蝴蝶 □昆蟲 □爬蟲類 □其他______

飼養&觀察：□植物 □哺乳類 □魚類 □鳥類 □蝴蝶 □昆蟲 □爬蟲類 □其他______

台灣地圖：□自然 □昆蟲 □兩棲動物 □地形 □人文 □其他______

自然公園：□自然文學 □環境關懷 □環境議題 □自然觀點 □人物傳記 □其他______

生態館：□植物生態 □動物生態 □生態攝影 □地形景觀 □其他______

台灣原住民文學：□史地 □傳記 □宗教祭典 □文化 □傳說 □音樂 □其他______

自然生活家：□自然風DIY手作 □登山 □園藝 □觀星 □其他______

・除上述系列外，您還希望編輯們規畫哪些和自然人文題材有關的書籍呢?______

・您最常到哪個通路購買書籍呢? □博客來 □誠品書店 □金石堂 □其他 ______

很高興您選擇了晨星出版社，陪伴您一同享受閱讀及學習的樂趣。只要您將此回函郵寄回本社，或傳眞至（04）2355-0581，我們將不定期提供最新的出版及優惠訊息給您，謝謝!

若行有餘力，也請不吝賜教，好讓我們可以出版更多更好的書!

・其他意見：__________

晨星出版有限公司 編輯群，感謝您!

請填妥對折裝訂，直接投郵即可，免貼郵票

廣告回函
台灣中區郵政管理局
登記證第267號
免貼郵票

407
台中市工業區30路1號
晨星出版有限公司

請沿虛線摺下裝訂，謝謝!

更方便的購書方式：

1 網站：http://www.morningstar.com.tw
2 郵政劃撥 帳號：22326758
戶名：晨星出版有限公司
請於通信欄中註明欲購買之書名及數量
3 電話訂購：如為大量團購可直接撥客服專線洽詢

◎ 如需詳細書目可上網查詢或來電索取。
◎ 客服專線：04-23595819#230 傳真：04-23597123
◎ 客戶信箱：service@morningstar.com.tw

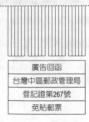